生 彦——著

久远的味道

中国文史出版社

图书在版编目（CIP）数据

久远的味道 / 生彦著 . -- 北京：中国文史出版社，

2020.12

ISBN 978-7-5205-2838-2

Ⅰ . ①久… Ⅱ . ①生… Ⅲ . ①散文集—中国—当代

Ⅳ . ① I267

中国版本图书馆 CIP 数据核字 (2020) 第 253915 号

责任编辑：金 硕 孙 裕

出版发行	中国文史出版社	
社 址	北京市海淀区西八里庄路 69 号院 邮编 :100142	
电 话	010-81136606 81136602 81136603 81136605（发行部）	
传 真	010-81136655	
印 装	阳谷毕升印务有限公司	
经 销	全国新华书店	
开 本	650×960 1/16	
印 张	21.75	
字 数	240 千字	
版 次	2021 年 4 月北京第 1 版	
印 次	2021 年 4 月第 1 次印刷	
定 价	58.00 元	

目 录

时光依然是时光的话

高维生

在沈阳生活几十年了，生活改变许多，熟悉这里风土人情，以及饮食习惯，唯一未变的是味道。从它们身上寻找情感，那一瞬间不论走多远，即使口音发生变化，口味永远是自己故乡。

生彦从哈尔滨来沈阳生活，这是人生一次重大转折点。在她的笔下，乡愁不是时间可以磨灭的。读她的散文《久远的味道》，袒露出作家的真情，对过去日子的怀念。

写作家必须写情，重情，这个情不囿于平常情，而是血脉深情。生彦文字和她做人方式一样，耿真和坦诚。文学不需要"三高"，虚夸的形容词，苍白的假情假意，浮浮泛泛，拉大车的套话，虚浮则雷同。散文应是精神家园，独抒性灵，灵魂的鸟儿自由飞翔。

生彦平淡的叙述，厚藏不尽的情。"回到家里，邀请几个老友相聚，见识一下稀罕物，朋友们看着甜菜叶，不理解我的意图。餐桌上摆着高粱米饭，空气中弥漫米香味。一盘切成丝的大葱，放着一碗肉丝炸酱，几种不同色泽的菜，味道不同，给大家带来美好的食欲。"家常菜背后，有着作家良苦用心，通过食物寻找，不仅是母亲做菜的味道，而是生命踪迹。

每一种菜不限于满足食欲、让人产生快乐，它是一种记忆，带给人们不同回忆。食物比任何剧本台词和表演更加引人入胜，经常品味，却缺少回味，这个味不是菜的滋味，而是人生的复杂情感。

作家要学会逃避，用思想筑起高墙，挡住世俗的引诱和热闹。现在恰恰相反，一些人的写作，恐怕落后于时代，行文中大量使用流行语，以此炫耀所谓的新潮。这些语言轻浮无根性，损害散文的本质。弗吉尼亚·伍尔芙指出："在一篇散文中，绝无文学杂质的空间。"她坚决表态，散文的杂质影响本质，具有潜在世俗的活性，影响文本的纯粹，产生严重的毒性作用。

写作不是杂货铺子，毫无规矩，任何东西都可以进来，廉价兜售，脑子里没有清晰的概念。生彦对于母亲做菜的回忆，不仅是母女之情的思念，还有文化发扬和思考。味道引出人的情绪、时间图像、空间图像。"人们吃黏米饭，更爱黏豆包，它是过年不可缺少的主食，儿时居住的老屋，联排五个房间，中间是堂屋，左侧是祖母供奉的祖先画像，其中重要人物是祖太爷，他的神位左边水果，右边肉类，中间是一盘黏豆包。"当气味分子敲开记忆门，内部结构发生变化，所有冬眠的事情，时刻活跃起来。

作家给予别人的高贵礼物就是真诚，包含正直的品德。巴西作家若泽·毛罗·德瓦斯康塞洛斯常说："文学是最复杂的艺术，因为它要赋予作品绘画的色彩和线条、音乐的声音和旋律，以及动感。写作是我找到的用以展现我的生活经历、传递我的喜怒哀乐和一种久被遗忘的感情——温柔的方式。没有温柔的生活毫无意义。"文字有生命，它如作家所说有色彩，它们一个个排列组合，构成一幅画卷。温柔不是尘俗的理解，局限窄小的寸光中。它是能力，是一种素质。它是最可贵的人类之爱的产物，拥有它，心灵是丰富的。对于饮食的喜欢，并不因为是美食家，而是关注背后的文化。一方水土，养育一方人，也形成自己的饮食文化。当一个人，离开生长的家乡，回忆中不仅是那片土地，更是无法忘记的味道。

母亲做的菜，构成童年最美好、真实的部分，我们在成长中经历很多事情，回味心中那道菜的滋味，有更多温暖。家常菜化作生命符号，当我们触摸它们，和记忆紧密相连。

菜生长于大地上，经过风雨的淋漓，有一天，被加工处理，受火的影响变作一盘菜，摆在餐桌上。这一系列过程，不是菜谱所能承载。一道菜，不了解它们的文化背景，只是品尝滋味如何，等于隔靴搔痒。它是一部活生生的历史。

乡愁绝不这么简单，只是对家乡的思念，那么和老百姓想法一样，没有发现不平常事物。一个"愁"字沉重，不是几句叙述语言所能表达清的。它前面又有一个"乡"字，两个这么大字，组成山一样大的词。它们核心是什么？我们寻找的不仅是生养的地方，更多人在路上，寻找精神家园。

当下写作，人们急功近利，心在浮躁中。作家坚守心灵，呈现内心的挚情和热爱。沉下来，写出的文字不会水流上泡沫一般，而是落下的金砂。

写作如果是简单留下记忆，没有自己的文本，极容易受别人影响。散文不要抹粉搽脂的修饰。它是自然的朴实，明白晓畅，清白做人，清白作文。

作家生彦的《久远的味道》，文字干净，没有染上当下文体怪病，形容词花里胡哨，掩盖苍白的内容。她的文字，恰似清新的露珠，彰显个性。

在文字水肿时代，作家生彦无刻意渲染，设计一些引人注目的悬念。朴实无华表达情感，记录生活中平凡事情。这些看似不重要东西背后，藏着人生踪迹。

二〇二〇年八月三十一日 于抱书斋

第一辑

佳味

初识蘑菇

　　蘑菇是山中珍品，被称为山林里的精灵，我们经常品味到的只有榛蘑、红蘑、平蘑、香菇，昂贵的松茸蘑只听其名，未见其身。

　　姐夫的母亲张大娘晚饭前送来一小盆蘑菇，跟母亲说是刚从南树趟子采摘的，并建议做蘑菇酱，或炒蘑菇，很鲜。

　　南树趟子是南边的一片林地，人们叫久了，南树趟子就成其名了。距离我家很近，只有几里之遥，很大一片树林，杂树也不少，松树居多，每年七八月份，正是蘑菇长势旺盛季节，左邻右舍的阿姨、大婶们在家闲来无事，从不错过这个黄金季节，三五成群地结伴前往。每次都收获颇丰，除去吃用、送人之外，余下的用细麻绳串起来，挂在外面晒干，留待冬天炖鸡、炖肉。自己采的蘑菇吃的感觉不一样，大婶们如是说。"采摘蘑菇"对我是一个陌生词汇，没体味过其中乐趣，很想领略这种累并快乐着的幸福过程。

我请张大娘下次采蘑菇一定带上我，她欣然应允，我也如愿以偿。那天，天气忽阴忽晴，下起毛毛细雨，不知老天是什么态度，也许在考验我，可我没有一丝退却。

微雨蒙蒙，飘洒在脸上，干燥皮肤有着温润享受，瞬间变得丝滑。树林两侧花很多，五颜六色，开得有模有样，风急速围在一起，不顾雨的阻拦，前来祝贺花的绽放，我脸上的雨珠瞬间被清风吹干，天也放晴了。此时的美景已让我醉了，惊叹大自然如此动人。

有经验的大娘，带着我到蘑菇密集地带采摘，果然发现形状不一、颜色各异的蘑菇，一簇簇站立在树的身旁。昂着骄傲的头，沐浴着雨的洗礼，预示着生命的力量。

采摘过程中，张大娘告诉我，树林中经常见到的蘑菇，什么有毒，什么无毒。华丽外表下的蘑菇都是毒蘑菇，一种灰白相间的蘑菇，外形似下雨天打的小伞，这是无毒可食用的蘑菇。采了一些后，张大娘说这里离林子出口近，光顾的人多，蘑菇数量并不多。我们沿着林地往纵深方向行走，雨后的薄雾没有散尽。路有些湿滑，张大娘边走边观察，一处靠近斜坡的灌木丛，长得很没规矩，杂乱无章。蘑菇隐身在杂树下面，这里生长着大大小小的平蘑，当我与它对视的一瞬间，周身的血流加速。第一次与鲜活的蘑菇谋面，目睹它生长中的容颜，我顿悟山林珍品的真正含义，它身上凝聚着厚重文化，折射出固有的艺术气息，熏染人们的心灵，它吸纳天地之精气，大自然鬼斧神工，雕琢了它与万物不同的灵性。

我定在这里，逗留一上午。竹篮子生生被山珍挤得水泄不通，我们才满意离开。回到家，母亲看着品种众多的蘑菇很高兴，说晚上炸辣椒蘑菇酱，蘸野菜吃。

留下一些马上吃，剩余的拿到外面，在牛皮纸上晾晒，留着淡季用。我体味到采摘的大乐趣：在焦急寻找中，发现目标的兴奋，及收获后的满足感。晚餐很丰盛，有了蘑菇酱，一碗菠菜汤，捞了一盆二米饭，鲜香四溢，达到了鲜味之巅。后来，跟大娘去了很多次，也储存了一袋子干蘑。

蘑菇内含丰富的营养，山野香味独特，备受人们的关注和重视，在我国久负盛名。据载：早在七百多年前，农书中有些论述，如南宋陈仁玉的《菌谱》是我国最早有关食用菌的专著，共记录十一种食用菌。到了明代，对食用菌的认识更为深刻，潘之恒的《广菌谱》记载多达十九种食用真菌。

　　清代宫廷内的御膳房菜单里，就有菌类名菜。乾隆十二年十月初一日晚膳中，有燕窝鸡丝、香蕈丝、火熏丝、白菜丝镶、平安果一品。通过史料，看出历代皇帝对菌类的重视，随着社会发展，野生菌类已难觅踪迹，一些商家出售的商品，真假难辨，鱼龙混杂，树高林密的山区方能一睹它的尊容。

　　在古代，蘑菇留下千古佳话，著名美食家、文学家苏轼，对蘑菇厚爱有加，留下千古墨迹，他在《与参寥师行园中得黄耳蕈》中写道：

　　　　老楮忽生黄耳菌，故人兼致白芽姜。

　　　　萧然放箸东南去，又入春山笋蕨乡。

　　吃得如此痛快，吃出诗人美食家的豪情。谈到美食家，自然想起汪曾祺老先生，他说蘑菇是蔬菜里的肉。有一件有趣的事，一天他在沽源采到蘑菇，把它带回宿舍。晾晒后收起来，年节回京与家人团聚时，将大蘑菇背回北京，并亲手为家人烹制鲜美蘑菇汤。汪老先生写了很多关于蘑菇的文章，从各个层面阐述蘑菇价值。在我看来，他把蘑菇看得远胜于肉。

　　古今美食家在品味蘑菇的兴致中，传承我国蘑菇文化，把它上升到艺术高度。山水画家张大千先生说："一个真正的厨师和画家一样，都是艺术家。"

　　据说张大千先生喜食蘑菇，他在很多作品中，描写各类蘑菇的不同形态并写下脍炙人口的赞美诗，并亲自发明了羊杂炖蘑菇的美食。

　　时间带不走岁月，回忆是一场永不疲倦的梦，那久远的故事似陈年佳酿。

家桃的诱惑

俗话说："桃养人，杏伤人，李子撑死人。"此话是否有其真实性，我不去考究。从医学角度看，杏的酸度强，会增加胃酸分泌，更容易造成龋齿；过多食用李子会引起头疼，对肠胃也有一定影响，况且不可与鸡鸭鱼肉同食，彼此相克，两者虽然美味，害处很大，还是得适量吃。

对我而言，在众多水果中，桃子代表了水果的整个世界。这个水果王者，从市场出现，直到冬季消失，一直不曾离开我的味觉，让我吃出了兴致和情趣。桃不但美味，还具有药用价值。

从宋至清各朝，桃一直被钦定为贡品。桃在历史上有诸多美丽传说，一说唐朝诗人崔护拜桃树为媒，与有情人结为伉俪，二是用桃作为报春者，告知人们春回大地。我不想了解它的前世，我经历的是它的今生——我与家桃的结缘。

我初识家桃是在王红家后园不起眼的角落里，花草掩盖半身姿容，但难免芬芳，似一株经年老山参深埋土中，不知它自身的富贵和价值。一颗颗鲜脆带柔的鲜桃，底色黄绿，桃尖透出些许的红晕，似一颗颗红绿相间的硕大珍珠，挂满玉树琼枝。王红告诉我，这是生长多年的家桃，只有一棵，十月中旬成熟，你来得正是时候，正是收获季节。我顺手摘下一颗，用手擦拭一下，迫不及待吃起来，家桃肉质密，甜中泌酸，如饴如蜜。我连续吃几个没洗的家桃，王红看我吃桃的表情，如醉如痴，不禁笑起来。她送我一筐鲜桃，诱人的美味，让我难以拒绝，只有欣然接受，王红说你别看树小，每年收获果实一百多斤，足够食用。

多少年来，我号称吃桃之冠，却从未品味到家桃的特有味道，验证家种鲜桃之说。所谓名桃没有家桃鲜，家桃一口赛神仙，这带着泥土气息、山野原味的鲜桃力压群芳，这是我对家桃的理解。

我与王红的认识，起于茶缘，她出自美丽的西双版纳，家有茶山，父母一生与茶为伍，种茶有道，受父辈影响，王红在识茶、制茶、泡茶方面都有一定见地。我是她的忠实茶客，虽不谙茶艺，却喜欢聆听她对茶的理解和娴熟的茶道。久之，我们成了无话不谈的闺密，我称呼她为山茶神女，她笑着欣然接受。

　　她嫁到沈阳与辽阳交界的小山村，家里房前屋后两个大菜园。菜园上面是自己开垦的自留地，种着各种蔬菜，鸡鸭鹅狗一应俱全，夫妻俩勤劳，小日子很殷实。

　　她的菜园也成了我的蔬菜基地，农家肥浇注的天然食物，让我大饱口福，重拾年幼的味道。一季两茬玉米，丝丝的清香，让人体味到秋色的食物之美。

　　我国美食不仅是炉火的产物，它还包罗万象，每一寸土地都有发光食物。它们似一本百科全书，百读不厌。

山中精灵

黑龙江大兴安岭，山高林密，森林面积大，生长着各种浆果、灯笼果、臭李子、山丁子、山楂树、山里红、刺玫、草莓，最有代表性的是蓝莓，当地人称它为都柿。这个名字我叫了很多年，后来才知晓都柿即是蓝莓。

二十世纪七十年代，爸爸带着妈妈和弟弟下放到农村接受改造。我们大一些的孩子留在城里，和哥嫂、奶奶一起生活，虽然比弟弟大几岁，但都只是孩子，离开爸妈的生活，似飘浮的风中稻草，总有着天塌下来的感觉。我们也偷偷坐火车去看他们，那低矮的茅草屋，给人一种危机感，灶间的那口大锅，清冷得没有一丝烟火气。

这样的日子过了几年，有一天，母亲带着弟弟回来了，我们高兴极了，从妈妈口中知道，爸爸被平反了。组织安排他去执行修路任务，时间是半年。

奶奶和母亲感情很好，母亲离开，奶奶着实上火，她年轻时家里变故，在痛苦中变得坚强，外观上看不出变化，内心很受煎熬。几年时间里，人苍老了很多，身体每况愈下。奶奶习惯生活中有儿媳妇，母亲对老人非常孝顺。因为宗教信仰，奶奶长年吃素，母亲总是尽儿媳的职责。一天凌晨，奶奶突然发病，医生说很重，提醒准备后事。妈妈给远方的爸爸发了加急电报，连发三次，爸爸从起程到家，由于交通不便利，用了一周的时间。奶奶等了父亲几天，带着遗憾离开了，父亲回来时，奶奶已经下葬。两个伯伯年轻时因病过世，他算是奶奶的独苗，没和奶奶做最后的告别，使他伤心不已。

父亲回来时，他的同事从林中摘了几罐都柿，装到行李袋里，让他带回来给奶奶尝个鲜。

祭拜奶奶那天，父亲找出水果罐头瓶，装满紫色的都柿，去了祖坟，妈妈摆好供品，都是奶奶生前喜欢吃的食品。爸爸捧着深紫色的都柿，放在食物中间，和奶奶说着话。回到家，我们望着紫红色的浆果，散发着森林的野味，颜色形状似一颗紫色水晶。我们每个孩子分了一碗，父亲拿来一罐白砂糖，在我们每个碗中放了一匙，免得我们酸胃。

父亲向我们说起都柿，它属于杜鹃花科，是树上结的蓝色果实，山里人习惯叫它都柿。山岭地带，野生都柿树很多，山里人喜欢这种酸中带甜的味道，为便于贮存，把都柿晒成干。

爸爸只有一周时间，临走向我们许诺，回来时会多带点都柿。长大了，有自己小家了，都柿一直在记忆里。后来查阅资料，了解了都柿的生长过程。

都柿，学名蓝莓，果实是蓝色，故称为蓝莓。据说蓝莓是世界上最古老的水果之一，十六世纪，印第安人把它作为重要的食物和药物。生物学家约翰·巴特拉姆，去宾夕法尼亚安大略湖一带考察，遇到印第安妇人正在晒蓝莓，地上支起四根有权丫的棍子，搭上很多草茎连成一片，再把蓝莓铺到草上，在地上升起一堆火，用烟熏干那些蓝莓。

前些年，都柿名声还不像现在这样响当当，很多人对它不熟识。我把都柿掺和到花卷、馒头里，都柿和糖在一起，两者碰撞，提升了自身应有的价值。我把都柿洗净，放锅里，煮沸后加糖做成都柿酱，放在馒头中间。花卷一圈圈呈现不规则的紫色，似一朵朵紫丁香的花瓣，着实动人心魄，勾引着你的味觉神经。都柿是最高级的珍品，山中精灵。

山珍的魅力

　　大地是神奇的造物主，山核桃长相独特，尖头尖脑，身体布满凸凹不平的纹路，你若把它定义为丑陋，那就大错特错，有眼不识泰山。山核桃具有抽象美，在外力作用下俊美而内敛，坑坑洼洼中潜藏着智慧。敲开坚实的硬壳，淡黄色薄膜包裹着洁白细腻的果仁，具有内柔外刚的性格，被称为有文化内涵的食物，在我印象中，它是身怀绝技的隐士。

　　核桃又名核桃楸、胡桃楸，多达十几个品种，有部分舶来品，也有我国自产。这是老家黑龙江特产之一，一个很普遍的山区树种。

　　黑龙江在我国最北方，虽没有三山五岳的雄伟，但大小兴安山脉连绵，物产丰富，素有北大仓之美称。黑龙江是省内最大的河流，清初时定为黑龙江。据《盛京通志》载，古时称为黑水，满语为萨哈连乌拉，"萨哈连"是"黑"的意思，"乌拉"是灵江的代名词，蕴藏着厚重的历史文化文明。它与黄河流域、长江流域并称我国三大文化文明发源地。这里有满、蒙和朝鲜数十个世居民族，也是北魏、辽金、大清发祥地。

黑龙江绿色植被茂密，自然资源丰富，山珍野味并不稀缺，随处可见，靠山吃山，靠水食鲜，山核桃、蘑菇、木耳、松子、榛子，这些山货是山里人赖以生存的条件。

二十世纪七十年代末，经济处于恢复发展时期，山区相对贫困，进山极其不便利，山货蜗居大山深处。除满足自身需求外，头脑活泛的一些人拿着山货到山外换些零用钱，补贴家用。

山核桃藏着我童年记忆，堂叔、表哥生活在兴安岭脚下的小山村。表哥是知识青年，接受再教育时，投奔亲戚，为寻求一种照顾，后来居然落户。表嫂是村主任女儿，在当时属高干子弟，家有很多林地，山核桃树数量很多。表哥结婚第二年，父母带我们去看表嫂刚出生的孩子。路途很费周折，我们坐上窄轨蒸汽小火车，车内设施简陋，随着汽笛鸣响，小火车发出撞击铁轨的轰鸣声，一路颠簸，在林业局站下了车，表哥赶着马车已等候多时。表哥家离站点有十几里路程，没有转程车。正值九月，山区温度很低，母亲给我们加了衣服，仍然还有几分凉意。常听人说，兴安岭是"岭积千秋雪，花飞六月霜"，此行深有体会，不过正是秋高气爽之时，表哥说，这是一年中最美的季节。沿途落叶松美丽，落叶似黄色地毯，上面散落漂亮的松塔，白桦林在秋色衬托下，愈加迷人，各种小花在阳光下绽放，硕果累累。山核桃树扬着头，展示自己多子多孙的骄傲。火样的枫叶，让人眼前升腾一片红色云雾，如梦如幻，罩在心灵，心情瞬间明亮起来，驱除了寒意，让人惊叹大自然的神奇力量。秋的厚重与深沉是它的成熟魅力。马车似穿行在山水画中，心中希望表哥停下马车，很想一探林中的奥秘。

表哥家在山区，房子很气派，采用平原地区建筑模式。四间石砌地基的平房，前低后高，据说符合风水学的要求，左侧是木制小仓房，用来储存山货。院子很大，一条碎石铺的甬道，直通房屋。地面显得很拥挤，浅褐色牛皮纸上放满晾晒的山珍。山核桃堆成一座小山。屋里摆放很多木制物件。桦木根瘤做成的木碗，装满山核桃仁和都柿、山丁子等野果子。眼睛看着新鲜物，心中羡慕表哥的神仙生活。

晚饭丰盛，山货占据主要席位。蘑菇炖山鸡、木耳核桃仁、干炸核桃仁、鸡蛋羹、核桃仁蒸米饭，让人大开眼界，这些核桃仁的新名词，让我诧异，不由急切吃起来，一尝究竟，吃了一块山鸡，清淡中夹杂着野味香气，热气随着空气飘散，山里之行，我对山核桃有了重新定义。

山核桃美味，打山核桃却辛苦而危险，核桃树高十几米，掉下不伤即残，山里为此称之为血核桃。那时处于原始自然状态，缺少防护措施，每年都有伤亡。

回到家，表哥为我们准备了各种山货，野果子、山核桃，兄妹几人一人一份。山核桃让我们忙乎了几天。母亲做饭，我们争着围在灶台下烤核桃。随着噼啪响声，山核桃中间缝隙微微张开，诱人的香气流淌出来，用器具撬开，用锥子挖出里面的肉，入口醇香，这是饭前的快乐时光。

山核桃的文化元素，一直影响后人，在古代，核桃是用来把玩、健身的工具。一些文人雅士的书桌案头都有山核桃一席之地，长期揉搓可以舒筋活血，延缓衰老，这是山核桃与人类的文化交流。

过去流行一句老话："贝勒手上三件宝，扳指、核桃、笼中鸟。"足见其地位。皇帝也是把玩核桃的高手，据载，明朝皇帝朱由校亲手雕刻核桃，乾隆帝不吝笔墨写下赞美诗句："掌上旋日月，时光欲倒流。周身气血涌，何年是白头。"几句小诗，道出山核桃身价。康熙、乾隆两位皇帝在手中把玩核桃，慈禧却在口中，相传慈禧年老，皮肤松弛，化妆时口中必放两个核桃，把面部撑开，避免妆画不匀，后宫女把核桃改名为粉楦。

历史上，行军打仗，山核桃被用来补充军粮不足，立过战功。据传说，明代朱元璋与军师刘伯温出兵征战，发现山核桃妙处，招呼士兵采集做军粮。诸葛亮六出祁山时，山核桃成为战时粮食不足的补给品。

山核桃是人们心中的圣果，圣在浑身是宝，外层绿皮可入药，核桃硬壳用于工艺品摆件，核桃仁强身健体，改善脑循环，促进大脑发育，增强脑力。

母亲对核桃健脑这个字眼十分重视，儿时，智力处于开发时期，核桃成了餐桌离不开的美味良方。记忆深刻当数咸核桃，做法简单，核桃仁用清水洗净，容器放进温水，把盐调均，看核桃数量放适量盐。浸泡五个小时左右，取出核桃，控干水分，放锅炒，至微黄即可，作为早餐配菜。

也可做粥，米洗净放水，核桃仁温水浸泡后，去掉外膜，红枣去核，把桃仁红枣切成小块放入加水的米中煮，待粥黏稠，关火也可放些冰糖，味道更美。据说京剧大师梅兰芳喜食核桃米粉，熬好的核桃粥清香甘醇，口感独特，营养价值高，润肤美颜，身体非常受益。

山核桃在我生活里从来没有离开，浸满我幸福的童年和母亲的爱。如今，我依然沿袭母亲的厨艺，给女儿做美味的核桃粥。

传说中的神仙草

果实是生活中的固定食物，绿色叶子的价值更不能小觑。我吃过的叶子很多，论起美味不比果实逊色，在各地用绿叶做的美食丰富多彩。

每个人味蕾都会烙上故乡的印记，那久远的味道珍藏着对母亲的回忆。社会学者于海说："食物能够把人和家乡联系在一起，饮食是非常顽强的文化认同因子，文化认同最难背叛的可能就是胃。"

小时候，房前菜园是全家给养库，种满辣椒、倭瓜、白菜、苏子等众多蔬菜。它们在母亲手下都化成一道道动人的风景，各种绿叶，相映生辉，带来生活朝气。

老住户中有一家朝鲜族邻居，就是在她的建议下，母亲种植了苏子。两垄苏子被微风吹拂，飘出阵阵异香。绿紫相间的叶子，中规中矩的纹路，有序地排列，在暖阳直射下闪着朦胧的光，如诗如画。椭圆形叶片，周边呈现规则锯齿形，彰显出独有个性。

苏子另一个芳名叫紫苏，很适合它高雅的气质。这是一个梦幻名字，我很想揭开它神秘面纱，探寻它的经历，这种思维形成不可抑制的冲动。查阅资料后，发现它的故事堪称传奇。

相传，紫苏被世人熟识，华佗是媒介。一年初秋时节，华佗在海边采药，看到一只吞食大鱼的水獭，肚子鼓胀，痛苦地不停翻滚，行动吃力。华佗准备抓住水獭，其肝脏是名贵药材。这时，病水獭缓慢爬到长着很多草的地方，食用一些紫色野草，不大工夫，水獭似乎舒服很多，游回了海里。华佗看后，很是惊讶，他记住这些经常见到的紫草，回家后，反复研究，把紫草的茎制成药丸和散，并记录在《青囊书》中。

没过多久，华佗外出，在一家客店看到一帮年轻人比赛吃螃蟹。他们不顾华佗的劝告，终于在当天夜里蟹毒发作，店主发出求救请求。华佗见状，想起水獭和紫草，很快出去采回一些，让店主煎汤。年轻人服下后，腹痛缓解，华佗深感震撼。几棵紫草有如此神力，随即给其取名紫舒，后人称它为紫苏。

李时珍《本草纲目》认为，"苏从酥，音酥，舒畅也。苏性舒畅，行气和血，故谓之苏"。紫苏是很神通的仙草，它仙在自身价值、温柔的灵魂、惊人的神功，挽救众多濒临死亡的生灵。

《芈月传》中有一个场景，芈月坐月子百日后，急急去采摘长势正旺的紫苏。樊长使善意责备她被野草弄得一手泥污，芈月告诉她，这是消暑神仙草，是宝贝呢。樊长使道，就这野草，如何宝贝法？芈月说，这草叫紫苏，以前在楚宫。每年大暑前后，葵姑带着我在院子里采集紫苏的嫩叶，或鲜食，或做汤。夏日里年长者和幼童们胃最弱，将紫苏嫩叶洗净后切成段，将粳米淘净加清水煮粥，粥成后入紫苏再稍煮。撤下火，等凉下来加入蜂蜜搅匀，既可口，又开胃。几句对话道出紫苏在战国时代宫廷中受重视的程度，芈月虽贵为公主，但熟知医理，遍识百草，在她眼里，紫苏是当之无愧的神仙草。

宋末元初诗人方回有诗句："未妨无暑药，熟水紫苏香。"

明代医学家李时珍记载："紫蔬嫩时有叶和蔬茹之，或盐及梅卤作菹食甚香，夏月做熟汤饮之。"

两者都肯定了紫苏解暑的功效。

紫苏的另一种身份紫苏茶，可是大有作为，说它登峰造极并不为过。它搭上宋仁宗这层关系，名声大噪。仁宗是历史上出名的贤明君主，他是宋朝第四代皇帝，执政时，经济、文化达到巅峰。很多大文学家、史学家、政治家、诗人、词人都出自北宋，在文化黄金时代，茶饮文化同样盛行于世。据载，宋仁宗曾昭示天下评定茶饮，紫苏独占鳌头，被翰林院医官院定为"汤饮第一"。元代诗人吴莱的诗曰："向来暑殿评汤物，沉木紫苏闻第一。"是对紫苏茶的认可。

据说，为乾隆皇帝研制出的药茶，必有紫苏在其中。乾隆皇帝准备退位时，老臣劝谏说，国不可一日无君。乾隆回了一句，君不可一日无茶。

清宫中的一些药茶中，有一种叫仙药茶，里面用紫苏进行配制，能治疗和预防人体各种疾病。仙药茶所用"仙"字，是否取神仙草之意，没有记载。

紫苏产在我国，距今已有两千多年历史，后被传到朝鲜、日本、韩国等一些国家。它的作用被发挥得淋漓尽致，应了人们说的那句话：根在中国，扬名国外。

近年来，紫苏已引起人们高度重视。紫苏美食名见经传，它内含十八种氨基酸、维生素E、谷维素、胡萝卜素，是人体健康不可缺少的物质。《尔雅》记载：取新鲜紫苏的茎叶研汁煮粥，长服可体白生香。体白生香一直是女人们的追求，紫苏以它独特的功效、迷人的味道，成为女性知己。

紫苏浑身是宝。紫苏粒制油，被冠之为长寿油；紫苏梗用药；紫苏叶是难得的美食，炝、炒、腌、酱、做汤、卷肉，味道鲜美，各领风骚。

盐腌紫苏叶可是佐餐上品，这是母亲的拿手技艺。我观看过母亲的制作过程，将紫苏叶去柄，洗净，控干水分。葱、姜、蒜末、白糖、精盐、辣椒面、酱油等一干调料，拌匀备用。用一个密封容器，在底部抹薄薄一层酱料，在紫苏叶后面也涂抹一些。完成后，按顺序码在容器里，之后，把剩余酱料倒在紫苏叶上面盖好，置放于五度左右低温处，三四天即可食用。开盖后，清香扑鼻，气味独特，绿中带紫，靓丽的辣椒泛着点点红润，熏染着你的灵魂，给流水光阴带来丝丝暖意。一口米饭配一片腌紫苏叶，味蕾瞬间被打开，食欲大增，有种食之不够的感觉。紫苏穿梭在光阴中，以其个性化味道，深受人们青睐。每次与家人去烤肉店，晓墨总嚷嚷着点紫苏叶。撷块浸满油的细嫩牛肉，配上鲜香的黄豆辣酱，放上蒜片、青椒丝佐之，用紫苏叶包裹起来，散发出诱人的味道。堆积在情感的爆发点，触碰到灵魂，掺进时间的味道，和记忆扭在一起，形成生命中欢快的音符，跳跃在如诗的岁月中，变为难忘的故事。

人生有美食相遇，是大自然给予的恩宠。虽然流年被我们渐渐走旧，美食似一抹残留在记忆的落红，撒下一路芳香。

记忆中的芥菜

由于地域关系，东北人吃饭口重，每顿饭都要有咸菜下饭。前几日，上超市买日常生活用品，货架上摆放着各种调味料，以及不同产地、商标的咸菜，其中一个瓶子写着"下饭菜"。我好奇地拿起来看，透过玻璃瓶，里面红白相间的下饭菜诱人，和小时吃的拌芥菜丝相似。

记忆中每到深秋，落叶飘飞时节，母亲都会带着哥哥，推着自行车，麻袋别在后车座的压板下，去市场买芥菜疙瘩和缨子。家里人口多，咸菜要备足，即使没有菜，咸菜也可应一时急。

晚饭前，小伙伴相约玩耍，等不到饭点，手拿两个饽饽，抓一块咸芥菜，边吃边玩，吃得倒也香甜。

母亲腌芥菜用两个大缸，一缸芥菜疙瘩，另外一缸是芥菜缨子，这些够全家人吃半年。可不能小看芥菜疙瘩，不比其他蔬菜逊色，《千字文》中说，"果珍李柰，菜重芥姜"，因姜和芥都是味辛性温，开窍解毒，为菜中调味的珍品，这倒符合东北人"春用葱，夏用姜，秋用芥"的饮食习惯。

　　周代以来，人们将芥菜籽研磨成芥末，成为拌菜的佳品，流传于宫廷饮食生活中，而后传入到日本，日本人以山葵为作料，制成山葵酱，就是今天的"wasabi"，说起来，芥菜籽研磨成芥末，该称得上鼻祖了。

　　母亲腌芥菜简单，切掉芥菜的根部，清洗干净，清水浸泡半日，泡出芥菜内的辣气，捞出控干水分，放进加盐水的缸里，没过芥菜，上面压一块石头，以免芥菜漂浮，腌不透，容易腐烂。一个月左右，方可食用。

　　父亲喜欢吃辣菜，并不是用辣椒做菜，而是将芥菜疙瘩洗净，切成细丝，放油炒八分熟，放进盆中待凉。红萝卜切成丝，攥出萝卜里的水分。把凉透的芥菜丝放入坛中，随后倒入萝卜丝，加少许盐，然后封严坛口。一周后打开食用，盛入碟中。

一小碟辣菜，吃起来辣得爽口，不逊于芥末。若吃多了，会流下过瘾的泪。辣中的美味，挑战人们的耐力，人对于食物的瘾一旦爆发，便极难控制，显出东北人的豪气。

母亲的厨房经历，积累很多的经验，形成了自己的美食体系。比如芥菜，琢磨出很多独创的做法。鲜芥菜用竹帘子蒸熟，切成小块，配上绿葱和黄豆酱，又是一番风味。芥菜放进酱里腌成褐色，芥菜里面浸透酱香，把它切成条状，上面涂些香油。加点蒜末、香菜、绿葱块，撒几粒白芝麻、几根红辣椒丝。伴随着咸香搭配的味道，浓重诱人，它是正餐的伴侣。

每个家庭都有各自的传承，延续老一辈的饮食传统。母亲做的肉炒三丝，至今仍是我的喜爱，女儿也爱吃这道菜。

关于芥菜丝的记忆，离不开母亲，那是她给的味道。

菱 角

　　菱角，又名腰菱、水栗、菱实等，属一年生草本水生植物，是菱的果实。因其叶子形状为菱形，由此，果实称菱角。茎为紫红色，开着黄色的小花，菱角有青色、红色和紫色。肉质美白如玉，是水果粮食两用植物。菱角形似牛角，外貌丑陋而强劲，生活在温柔恬静的湖泊中，尤其在淤泥中生长迅猛，更展英姿。每年五、六月份，初现美丽娇容，开着白色小花、淡黄色花蕊，也有黄色小花、浅黄色花蕊，以及淡红色等多种颜色，大多是精致的四片花瓣。娇媚的花朵，在夜间绽放，白天则花蕾欲放，我们不懂花语，难解深意。在碧水、绿藤、月光映衬下，芳容更具神秘色彩，星星点点，稀疏的小花，对视夜空，唤起人无限的遐思和畅想。菱花让我想起朝开暮合的合欢花，天明盛开，夜晚合拢，杜甫有诗曰："合昏尚知时，鸳鸯不独宿。"这是两种生物钟相反的植物，一个观赏，一种食用。

我国的美食可谓珍肴满目、种类众多，高山野岭、江河湖泊是贮存奇珍美味的天然大仓库，取之不尽，用之不绝。天下之大，地域广阔，东西南北，各具特色的饮食文化有别，风格特点不同，却同样承载着悠久历史和厚重文化，绵延千年，博大精深。

菱角果实有两角、三角、四角，也有没有角，两角为菱，三角和四角为芰。北方人多食用两角菱，菱角美味皮脆，熟后剥壳食用，也可生食。其肉似形状各异的大蒜瓣，新鲜菱角汁多肉嫩，味道甘甜，可蒸可煮。烧、炒、炖、焖，多种吃法，我常用菱肉熬粥，过程不复杂。菱角用盐水浸泡一小时，把菱肉剥出来搓洗干净。鸡脯肉切碎，用盐水泡去腥气。大米、菱肉同时放锅里煮。米粒煮熟，放入鸡肉丁、胡椒粉、植物油等调料。继续煮几分钟，放入葱末调味，煮好的菱角粥，散发菱香。菱角炒竹笋也是美味，买回竹笋，除老皮，切掉下部老根，用刀切成段。菱肉经盐水浸泡除涩，切成四瓣，入味效果好。

锅里加油，炒竹笋，八分熟加入菱肉。继续炒至八九分熟，加少许水和辅料，开锅再炒几分钟，大火收汁。竹笋与菱肉交织的甜香味道，更胜一筹。菱肉磨成粉，可做很多糕类美食，被人们称为水中落花生。娇嫩的菱茎剁碎与牛肉包成菱肉包，令人回味无穷。

钟叔河在《知堂谈吃》序言中说："谈吃也好，听谈吃也好，重要的并不在吃，而在于谈吃亦即对待现实之生活的那种气质和风度。"如今我们探讨美食，作为一门学问来研究，从而了解食物与人类辩证统一的关系。

菱角具有悠久的历史，一些文学大家、帝王才子留下很多珍言妙语，如梁武帝的《采菱曲》、刘禹锡的《采菱行》、白居易的《看采菱》、苏轼的《食菱》等。江淹在《采菱曲》中写道："秋日心容少，涉水望碧莲。紫菱亦可采，试以缓愁年。"让人更为动容。

我似乎看到蓝天碧水中，平静湖面上，采菱女子坐在小船里，荡开翠绿菱叶，甜美的声音唱着采菱曲，纤纤玉手采摘成熟的紫菱，这诗意的画面，使我对菱角又生出丝丝爱怜。

菱角本身具有食用和药用价值，民间有菱壳烧成灰治病的例子。它内含多种维生素、丰富的蛋白质，有解毒、通乳、利尿多种功效。《本草纲目》记载："菱角补脾胃，强股膝。"

现在，菱角经过多年的培育，从野生向人工种植发展，外形内在均发生改变，从两角到无角，据说体积大，果肉厚，品质更优良。人工栽培失去野生原始味道，菱角在北方很难看到了。

乔木的小精灵

栗子，是深受人们喜爱的美味，栗子也叫板栗、栗果、大栗等，为壳斗科植物栗的种仁。北方丹东板栗久负盛名，多达二十几个品种，具有个头大、颜色白、口感好、不裂瓣的特点。

每年九至十月，栗子长大，成熟了，舍不得离开母树。有些犹豫中，被秋风推动，裹紧毛茸茸绿外衣，摔落在地上，开始新的生活旅程，与人类结为了朋友。有资料介绍，栗子在我国有六千多年历史，《论语》中记载："夏后氏以松，殷人以柏，周人以栗，曰：使民战栗。"栗在周初，曾作为民族的标志，一直被人们推崇。

《史记》中说道，苏秦游说燕文侯时，把燕国特产栗，视为燕王得天下的有利条件，"南有碣石雁门之饶，北有枣栗之利，民虽不细作，而足于枣栗矣，此所谓天府也"。

栗子素有"铁杆庄稼，木本粮食"之称，历代宫廷、富豪及寺院都修建过许多栗园。北宋大臣陶谷著《清异录》，保存我国文化史和社会史方面的许多史料，其中记载："公元前四世纪，晋国和邻国发生战争，晋王统率大军亲征，三军行至峡谷，被敌军围困，兵马给养被截断，人饥马乏，无力突围，几近全军覆没，危急中，一山野憔夫面见晋王，提醒说：'美食即在眼前，唾手可得，何饮饥待毙？'晋王如梦方醒，大喜过望，遂令官兵，摘取山栗充饥，顿时精神抖擞，拼死冲杀，挫败敌军，反败为胜，凯旋回朝后，晋王念念不忘栗子之功。"他下令封栗子为"得胜果"，当时掠栗而食是在河东，所以又叫"河东饭"。

栗子灾年可以充饥，丰年是舌尖佳品，常思常念的糖炒栗子是留在味蕾的不朽记忆，美味一直是文人的宠儿，宋代苏辙《服栗》诗道：

　　老去日添腰脚病，山翁服栗旧传方。

经霜斧刃全金气，插手丹田借火光。

入口镞鸣初未熟，低头咀嚼不容忙。

客来为说晨兴晚，三咽徐收白玉浆。

明代药学家李时珍读此诗后，十分佩服，甘拜下风。栗子内含蛋白质，及多种微量元素，有着强身健体、预防心脑血管疾病的作用，对人体有滋补和药用功效。

栗子食用范围广，生食、糖炒、烘食、制作馒头、煮粥烹菜、磨粉制糕，被人们用到极致。一年，我去丹东开会，会议休息，承办方准备饭食，其中必有栗糕，更少不了栗子。红烧肉炖栗子，勾起大家极高的兴致。地域的物种，引领美食研发取向，丹东栗子资源丰富，由栗创新的食物多种多样。会议结束后，素有"丹东海鲜、吃货天堂"之称的各类鲜活海产品，我们无兴致顾及，而栗子塞满行李箱。

我按着自己的方式做糖炒栗子，简单快捷，栗子洗净，切一个口，以免遇热膨胀，弹起伤人。用浓糖汁浸泡，避免肉质干硬，约两个小时，糖已渗透到栗果中，上屉蒸几分钟，取出后，放微波炉烤两分钟，即可食用。栗香转糯，甘甜入喉。

早晨，我经常做板栗小米粥，栗子洗净放锅蒸五分熟，取出剥壳，切成对半。小米洗好加水和栗子放入锅里，小火慢煮，待小米开花关火。可加冰糖或蜂蜜，栗子酥烂香糯，米粥甜爽适口，皇上的早餐。

我做栗子炖鸡块，去繁从简，鸡腿切成小块，盐水浸泡去腥。锅里放油，中火翻炒，加生抽、花椒、葱、姜、蒜、精盐等。切好的胡萝卜和栗子放锅内，入香叶、大料，慢火炖。起锅放鸡精调味，美美的鸡炖栗果出锅，搭配各种主食，毫不逊色。

深秋，栗子遍布市场，相应的剥壳机应运而生。栗子放入斗里，伴着机器启动声，脱壳的淡黄色栗仁，从凹槽中流出。我叹服发明者的智慧，省却很多工序。我每次都买几斤，用保鲜膜封好，置于冷冻室，随用随取，极其方便。

板栗是我餐桌上的常客，百吃不厌。

地下宝葫芦

　　地环，别名地葫芦、宝塔菜、螺丝菜、甘露等，属多年生草本植物，是根茎类蔬菜。地下块茎白色，肉质娇嫩鲜脆。

　　地环生长环境喜潮湿，不耐干旱，河边池塘、田间地头，可见它的踪迹。且生长中不露声色，跟其他野草混在一起，仔细观察，方见其容。它自身繁殖能力强，一棵秧苗，发育一片。

　　它的名字和味道一样，稀有而独特，在人们饮食世界里似一个生活中的螺丝钉，一身多用。幼小的身材，有着宝葫芦的外貌，吮吸大地丰富的精华，承载着人们众多口味，哪里需要出现在哪里。地环可以加工成蜜饯，酱渍、腌渍都是不错的选择。加工成酱菜，甜果咸菜深受欢迎，大有名气的八宝菜、什锦菜，则是重要食材之一。它的代表作品当数扬州罐藏螺丝菜，善于腌制辣菜的朝鲜族对它也是喜爱有加。地环具多种用途，用于家庭食物时，自然的美味流淌着原始的气息，好吃，并不复杂。我善于腌制咸菜，曾大展身手一把，亲自挂帅做糖醋地环，备料有花椒、大料、冰糖、食用醋、生抽、生姜、大蒜、香叶。把地环洗净，控干水分，用淡盐水浸泡几小时，取出晾干水渍。把锅刷净加水、酱油、醋及一众调料，同时放锅煮沸，闭火待凉。把控干水分的地环放入无水无油的容器里，再把凉透的调料水倒进容器内，以没过食材为准。加少许精制盐，用器皿压住容器中地环，免得浮起腐烂。把容器封好，最好用纱布或蒸布材质口罩，透气性好。地环可自由呼吸，一周后，取出腌透的地环，吃一口酸甜爽口。肉嫩清脆，异香入喉，慢浸全身。

盐腌地环也别有风味，买回地环，要选小的，能腌透，去掉杂质。清水浸泡，取出控干水分，在容器底部撒一些盐，放一层地环。操作过程类似北方渍酸菜，容器装到七八分满，盖好盖子。一两天翻动一次，待地环腌倒，取出洗净，切成两瓣，重新放入容器。锅里放水、盐和相关调料，包括辣椒、白酒各少许。放锅中煮沸，凉透，容器要洗干净，腌制任何蔬菜类咸菜，器皿都不能有油。地环放进容器内，浇入熬好的盐水，密封容器。几天后，取出泡一会儿，去掉表皮盐分，把地环切成条状，放入香菜末，浇入香油，按个人口味放小米椒或辣椒酱调味。后天的再加工很重要，调完味的地环用筷子拌匀，清香辣脆，是一道理想的下饭菜。地环也可凉拌，取新鲜莴笋去皮洗净，与玉米粒放沸水中各焯一下，捞出放凉。地环切成几瓣，和莴笋、玉米粒同放盆中，加入所需调料，拌匀即可食用。特殊的味道，使人食欲大增。地环炒肉丝、地环煲汤，美味妙不可言，各有不同。

地环外表独特，也有美丽一刻。春夏是它生长期，在炎热夏季，它不甘落后于百花。它的茎秆上端开着粉色小花，伴着花蕊上的紫色斑点，星星点点。在绿叶的衬托下，迎风飘舞，清丽而娇娆，彰显它优雅动人的神姿。每年秋高气爽的时节，则是地环收获的良机。经过风吹雨淋的摔打，成熟后的地环肥嫩而脆甜。地环是食物和药物两用蔬菜，它具有清毒止痛、散瘀消炎、抗痛毒、调解神经等多种功效，内含丰富的维生素和氨基酸、纤维素。据说，地环炖鸡汤能去除湿气、除风寒、补气血，这是来自民间的土方。地环似散发灵气的宝葫芦，一切妙在其中，引发人们的好奇心，去剖析其身体蕴含的宝藏。在享受奇香的同时，也带给我视觉上的美感和精神上的愉悦。地环被称为宝葫芦，其药用价值被人所公认，所赞赏。它埋在泥土中，默默成长着，它的坚韧、毫不张扬的个性，值得人类学习。地环，是我味觉上永远的朋友。

食中王者

饭后和女儿晓墨散步，大风刮了一天，晚上不见丝毫退却。家离超市近，信步走进去，躲避风的肆虐。

上菜员推着购物车迎面走来，里面装满黄绿相间、大小不等的南瓜，引起我极大兴趣。顺手拿起一个，用指尖掐了一下瓜体，坚硬如石，没有一丝破损，瓜身凸凹不平，上面布满成熟后的硬节，看纹路断定此物既甜又面。挑了两个满意的，放入购物袋，盘算第二天土豆玉米炖南瓜。

识别南瓜方法得益于乡下表姐实物传授，这绝技我用过多次，没有走眼过。南瓜是美味食物，可与蛋黄相媲美，常吃不厌。儿时，每年夏季，小菜园板杖子爬满任性的南瓜秧，随意舒展着身姿，无拘无束。鲜脆的藤蔓延伸院外，没有丝毫的收敛，继续疯长。伞形的叶子，繁茂翠绿，杏黄色果花形似牵牛花翻版。蝴蝶舞动双翅，盘旋在花蕊上面，寻找它登陆地盘。蜜蜂嗡嗡哼着新曲，耳边传来母亲大声警告：结出的小南瓜不能手摸，碰它就枯死了。这是童年熟悉的画面，隔着时光依稀可见。

著名艺术家黄永玉说："你是放在天上的风筝，线的另一端就是牵系着心灵的故乡的一切影子。"对于家乡的思念，是剪不断的情丝。生活中一件平常事就会触动记忆闸门。你所经历的情景其实并没走远，而是与你如影随形，时不时蹦出来跟你的心灵打招呼。

南瓜，又称倭瓜、饭瓜，地域不同，称谓有别，它是历史性传统食物，易贮存，可代替粮食。清代刘汝骥编写的《陶甓公牍》中说："南瓜即番瓜，黄老者佳，米贵之时，以为正餐，颇熬饥。"南瓜在明代传入我国，经过几百年时光穿梭，在烟火缭绕的蒸煮中，成熟延续，形成庞大家族，遍布大江南北。在山脊溪岸、田边家园，一条条弯曲的绿色藤蔓，点缀着大地，灿烂了流年，成为餐桌上恒久美味。

在特殊历史时期，南瓜作为主食，凶年代饭，救济大量灾民。在农书、医书、方志等一些历史文献都留下诸多墨迹。战争年代，在井冈山革命老区，红米饭、南瓜汤打破了国民党的封锁围剿，成为二万五千里长征中的重要军粮，当时有一首歌叫《井冈山下种南瓜》："长长的蔓儿爬上架哟，金色的花儿像喇叭……"一直流传至今。

　　南瓜被称为救命天使，在我国困难时期，有条件家庭利用每一寸土地栽种南瓜，平稳度过饥荒。南瓜一路走来，留给后人许多感人故事。以两个南瓜为贺礼的张燕昌，拜师传为一段佳话。据载，清代乾隆年间，海盐地区有一位浙派篆刻开山鼻祖、大学问家丁敬。当时，有一个叫张燕昌的少年，勤奋好学，聪明过人，有意拜"西泠八家"之一的丁敬为师，无奈家中贫寒，买不起贵重礼品，首登师门，带了两个自产的大南瓜作为拜师礼。旁人觉得可笑，丁老先生却欣然接纳，并烹瓜，两师生这顿饭虽只有南瓜，但吃得很香甜。此后，丁敬悉心教授，张燕昌刻苦用功，后成为浙派艺术的重要人物，"嘉禾八子"之一。

南瓜礼成为历史美谈，至今仍沿袭南瓜送礼之说。秋季，乡下有亲戚人家，都要搬几个大南瓜进城串门，作为礼品。

有人说，南瓜似谦谦君子，集多彩的文化、丰富的内涵于一身。由此，南瓜的品质上升为一种精神——人们赞扬的南瓜精神。

德国作家于尔克·舒比格在《当世界年纪还小的时候》有这样一句话："洋葱、萝卜和番茄相信世界有南瓜这种东西，它们认为那只是空想，南瓜默默不说话，它只是继续成长。"

这引人深思的语言，赞美南瓜于无声处的爆发力，在沉默中成长、发展。古往今来，奇迹是在耕耘中创造的成果。这是沉默中的坚韧，南瓜精神启示人们，不要在意别人的眼光，活出自己的理想。

南瓜经过历史积淀，拥有独特的文化魅力。古代文人、美食大家、药学家不吝笔墨，留下很多诗行字迹。《西游记》《红楼梦》、明代李时珍、清代袁枚对此都有诸多记载。

南瓜属多功能食物，内含丰富的营养成分，被称为食之王者。如果从鉴宝的角度评价南瓜，可称其为浑身是宝的真君子。

南瓜肉、南瓜花、南瓜子、南瓜瓤，在大厨的手下，创造出奇妙的作品，给世人带来惊艳。

在往事带来的深刻记忆中，南瓜衍生出的多种美味，仍然留在味觉中。玉米面南瓜窝头清醇宜人的味蕾感受，在齿颊中生香，制作并不复杂。南瓜洗净，去瓢去皮放锅中蒸熟，然后放入盆中，放入相应的玉米面。用筷子搅动，边搅边放入适量水，加两个鸡蛋，放面板揉匀，做成窝头上屉蒸即可。蒸出的南瓜窝头松软清甜，搭配米粥或蔬菜。也可配上南瓜豆腐汤，把青嫩南瓜藤叶洗净，用水烫一下捞出，切成段。锅里放油，加适量的水，把配好的料放入锅中。白中有绿的汤汁和金黄窝窝头，是餐桌上的风景。

野果中的骄子

托巴，学名覆盆子，别名黑钩子、覆盆、野梅、木梅……诸多名称。它属于木本植物，是青薇科悬钩子属，果子个头不大，有着漂亮的外形，似玉米小窝头，味道酸酸甜甜，十分可口。作为山果中的佼佼者，深受人们喜爱。它属聚合果，在一棵植株中具有红色、金色和黑色的动人色彩。如果吃过托巴，印象一定深刻，鲜美得一塌糊涂。凸凹有致的圆形小核果，相拥在一起，抱团成长，红的诱人，黑的深沉，看一眼不吃已醉。

鲁迅先生在散文《从百草园到三味书屋》描述道："像小珊瑚珠攒成的小球，又酸又甜，色味却比桑葚要好得远。"我在二侄女再华家吃过托巴。她婆婆家住外地，距离山区很近。北方林区，树高林密，居住在山岭地带，家家栽种着不同品种的水果树，装点了夏日的美景。在北方，不经意就可遇到陌生美味，再华婆婆家的小园栽种了山李子、山楂树等几种果树，托巴是其中一种。成熟的托巴颜色艳丽，给人视觉享受。那天午饭，再华婆婆亲手做了托巴白面饼，沸水和一半面，另一半面用冷水。两种面揉在一起，搓成长条，揪成小剂子，用擀面杖擀成面皮。放在掌心中，取熬好的托巴水果酱放在上面，捏成包子形状，最后擀成面饼。撒上小芝麻，置于锅中，小火烙熟。托巴白面饼，外焦里嫩，香脆适口。

托巴不仅味美，还具有药理作用，李时珍《本草纲目》记载："气味甘、平、无毒，有益肾固精、缩尿、壮阳作用。"覆盆子含多种维生素，可预防和治疗多种疾病。每年四五月份成熟期，作为药用，须抢在没成熟前采摘，且快速干燥。

托巴果实好吃，它的花漂亮，晶莹的白色，五瓣花形，花蕊似数根银针，给人清雅的愉悦感。它生长在杂木林间、灌木丛中，绿树丛中恰似红豆点点。

这次老家之行，我的食运很佳，成为此行的一大收获。闲暇时我与再华婆婆攀谈起来，从树木到山珍、到野果，了解很多过去不知的山中秘密，认识一些叫不出名的生物。我感慨山中富饶，物在其中。离开时，再华婆婆拿出熬好的托巴酱，用玻璃瓶装满深红色的酱汁。

回家后，我把它置于冰箱冷藏。在女儿晓墨建议下，做了一次水果沙拉，和一次蔬菜沙拉。苹果、梨子洗净削皮去核，切菱形块，香蕉切成段，浇一层酸奶，最后放托巴水果酱。白瓷盘盛放水果沙拉，诱人的春色满园，水果溢出的淡雅香气，缭绕空间，令人如痴如醉。

托巴蔬菜沙拉更具特色，西生菜、紫甘蓝，洗净切成条状。西红柿选红绿相间，开水烫一下，扒下外衣，底部硬节去掉，切成块。三种蔬菜放入容器中，放入沙拉酱，浇入托巴酱，拌均匀。放入碗中，水果沙拉、蔬菜沙拉味道不同，各有特色。

托巴逐渐被人们认识，随之产生相关的食品链，托巴果茶由此而生。人们掀开了它的面纱，不再神秘。它的芳香留存在记忆中，久久不能忘记。

江中奇珍

父母过世第二年，我思乡心切，又回到哈尔滨，客居在妹妹家。人似一叶浮萍。妹妹理解我，我们具有同样的心情。

正值北国之春，柳树已吐出嫩芽，预示着新生命起步。妹妹家离江沿很近，每天我们都去散步，临近菜市场，小贩各种吆喝声不绝于耳，熟悉的乡音触碰心灵，让人有一种探究的冲动。

菜市场当地土特产很多，有些是超市买不到的稀缺物。早餐摊前烤面条鱼，川丁鱼，咸马哈鱼，大楂子粥，高粱米粥，玉米面饼子。马哈鱼，又名鲑鱼，松花江珍贵鱼种，产于黑龙江、松花江，是餐桌上的美味食物。它浑身是宝，富含多种维生素、蛋白质，肝、肉、头具有药用价值，鱼肝做成鱼肝油，其肉健脾胃、治水肿、促消化。

松花江是黑龙江重要支流，隋代称为难河，唐代称为那水，辽金称鸭子河、混同江，清代称为松花江。松花江开江很独特，有文开和武开两种。在早春时节，随着温度回暖，江水似春花绽放一样，悄无声息融化，此为文开，武开则是冰块撞击冰排的气势磅礴。马哈鱼属江海两栖鱼类，它们的成长具有戏剧性，生于淡水，长在海洋，既吸收淡水江河的滋养，又吸纳海水的精华，它们生命历程充满辛酸和悲壮。每年秋风习习、满山红叶之时，是马哈鱼起程回归故里养儿育女的季节，每一千条鱼洄游成功的寥寥无几，大部分在激流险滩中夭折。而产下鱼孵的母鱼，则用身体的肉，喂养还不能觅食的幼鱼，换取生命的延续，这是最感人的伟大母爱。

松花江流域具有悠久的历史和厚重的文化，这里居住着很多少数民族，如靠打鱼为生的赫哲族。他们喜食马哈鱼，并发明创造鱼皮服饰等系列用品，为鱼文化的发展起到了保护和传承的作用。他们以狗拉雪橇为主要交通工具，这是民族特点。

松花江美丽富饶，自然资源十分丰富，肥沃黑土孕育着优良物种，享有北方粮仓之美誉。当年远东沙俄为此虎视眈眈，以种种借口，在 1900 年制造瑷珲海兰泡惨案。

2018 年，侄女在群中邀我去五大连池游玩，领略火山爆发后的黑色熔岩。几天后，在回哈路上，我们专程去参观瑷珲纪念馆。纪念馆位于瑷珲县城，是当年丧权辱国的《瑷珲条约》签署地，馆内以蜡像形式真实再现惨案的全过程，一幕幕触目惊心，这是对中国人民犯下的滔天大罪。如今的松花江两岸已是鱼米之乡。

马哈鱼的美味是我舌尖上的永久记忆。每年临近春节，家人都准备几条马哈鱼，留作除夕之夜食用，年夜饭饺子一定要用马哈鱼做馅，意谓富富有余。

马哈鱼做馅，先把鱼皮扒下来，剔下鱼中间一根大刺。鱼肉剁碎，放入切好的韭菜和调料。橙红色鱼肉，在绿色韭菜和白色面皮配合下，给人诗一样感受。

马哈鱼肉丸子是节日不能缺的美食，鱼肉馅放入调料、鸡蛋，或加入淀粉用手抓匀，下到沸水中。鱼丸起时，撒入香菜末、食盐，喜欢芝麻油也可滴几滴，但这样会影响鱼丸的鲜。

看上去山水画一样的鱼丸汤，让人深醉入骨。

马哈鱼又一美味，当选红烧鱼子，大小不等，晶莹剔透。置于盘中，似颗颗红色珍珠，更具观赏价值。

父母在世时，每年回家探亲，他们都提前托人买几条红肉马哈鱼。红肉马哈鱼是野生上等马哈鱼，做饺子、做丸子、红烧、干炸，各有其美妙特色，更饱含父母关爱。

五大连池的冷水鱼

2018 年，我和妹妹受侄女再群、侄女婿繁盛邀约，与外孙祥宇一行五人，结束黑河的旅程，驱车前往五大连池观光。

初秋季节，山路两旁的绿树掩映下，野菊、山茶花、满天星、秋葵、矮牵牛花，被微风吹拂，轻姿曼舞，给初降的早秋增添了活力。

驶出树林，眼前呈现大面积的黑色沃土，栽种着各种农作物，一簇簇黄豆，被霜浸染成黄绿色，蓝天似被刚刚清洗过，清亮而透明。

听繁盛介绍，这是建三江农垦局下属的农田，是我国最早迎接太阳的垦区。它位于黑龙江、松花江、乌苏里江汇流的河间地带，土地集中成片，地势平坦，土质肥沃，地处世界闻名的三大黑土带。

1957 年，王震将军亲率十万转业官兵，开发北大荒，经过五十余年的艰苦创业，由原来的荒野变成六百万亩的良田。如今的北大荒，荒野变粮仓，享有"东方第一稻""中国绿色米都"之美誉，这是几代人的奋斗成果。

我有幸目睹了北大荒的巨变，心生一种敬意。落下车窗，呼吸着黑土的原生香气。五大连池之行，让我了解了建三江，这是一种意外收获。

五大连池的占地面积很大，但不包括景区，宾馆、饭店遍布各处，让人想到旅游旺季的人声鼎沸。虽空旷，但不失紧凑。利用饭前的时间，我们游览城市建设。主要街道有一条小的类似于商业街，里面是个体的小商铺，出售一些五大连池的特产，诸如咸鸭蛋、蘑菇、木耳、松子，还有颇具名气的马秃子豆制品、就地取材的矿泉水面膜、女士化妆品、木制品，及一些咸鱼类食品。我们买了几袋矿泉水面膜，准备晚上改善一下经风吹皱的皮肤，结果，黑色面膜让我们变成黑脸包公。

第二天，我们观赏火山喷发后的黑色熔岩区，上面架着长形木板拼装的木板桥。听当地人介绍,我们了解了五大连池的基本概况。五大连池位于黑龙江西北部,黑河地区南部,属于小兴安岭与松嫩平原的过渡地带,是中国火山最集中区域,由十四座火山和五个堰塞湖组成。它对人类提供的科研价值,无可估量,被称为打开的火山教科书。

火山学家刘嘉麟教授评价说:五大连池风景名胜区融山、水、岩、泉为一体,是中国火山地貌景观最丰富、最精彩、历史记载最详尽、研究程度很高的最新火山区,堪称火山博物馆。以前只是闻其名,今天得见庐山真面目,让我们激动不已。

熔岩周边的沟沟坎坎长着一些不规则的怪树,一些泛着绿苔的沼泽里生长着少量的小鱼,隐约看到它们游动的身影,给寂静的熔岩增加生动的气息。一目望去,大面积的熔岩连绵起伏,凸起的黑色岩浆凝固后,似黑色海洋矗立的礁石,发着暗色的光。每一处有意义的景点都挂着木牌做着详尽的记述,登上最高处,是康熙年间喷发的老黑山火山口,距今二百多年,此处为熔岩溢出的通道,似大自然的天堑,让人震撼。

中午,我们游兴未尽,去品味具有神水之称的冷矿泉水。

这是一口手压式机动井，接水的人很多。有些游客带着几个大号塑料桶，人们自觉排着队。趁空隙，我与当地老乡攀谈起来。据他介绍，一些外地游客听说此水可以治疗胃病，直接把水邮寄家中。五大连池冷矿泉水是火山喷发而形成的铁质矿泉水，是世界三大冷泉之一。它的神奇在于内含铁、钙、氢等十几种矿物质，是可饮可浴的水，常饮对身体大有益处，尤其对神经心脑血管、消化系统疾病能起到预防和治疗作用，并向我们推荐了夏天去泡药泉水，可防病治病。

他热情地介绍当地著名特产——冷水鱼。按当地老乡指点，晚上被朋友安排去领略冷水鱼的美味。

这是当地正宗的鱼餐馆，名字叫矿泉渔村酒店。酒店占地面积很大，四层楼的接待空间。走进餐馆，里面典雅的装饰和中式格调与外界的景物不大匹配。有朋友关照，不大工夫，菜饭齐备，最后上的是冷水鱼。白色的超大瓷盘装得很满，我们猜测这鱼最保守重量应该在五斤左右。我们迫不及待地吃起来，它的美味让我折服，世界居然有如此美妙的个性化食物，堪称鱼中神品。尤其是鱼腹肉，洁白，细嫩，让我们大饱口福。老板来敬酒，告诉我们这是酒店最大的鱼，6.7 斤重。晚餐非常愉快，离开餐馆，余味还停留在味蕾中。

结束三天的行程，精神、味觉、知识都得到净化升华。尤其是黑色火山熔岩，似微醉的大地巨子，流淌出万种神韵，经过百年的岁月记载，展示出博大胸怀。

垃圾堆里的珍珠

女儿晓墨买回来青辣椒，准备做尖椒土豆丝。鲜嫩绿椒带蒂，残留着几片叶子，它让我想起往事。

打开味觉储备库，跟随思维前移。美食记忆穿越时空，飘落在舌尖上，带来思乡情结。儿时受邻居启蒙，母亲用叶子做食物。无人问津的辣椒叶，成了餐桌之宝，给陈旧味蕾注入新细胞。

每年夏季，小菜园的辣椒秧一簇簇，排列有序，枝繁叶茂，长势迅猛。植株间隙被茂密的叶子塞满，青翠欲滴的辣椒，傲气地挺立着。辣椒叶被冷落数年，人们把它当植物垃圾，果实用尽，整棵秧都被扔掉，浪费很多美味。自从发现其黄金价值，它以高贵身份进入厨房圣地，接受人们的赞美。

辣椒叶在母亲手里游刃有余，酱腌，拌炒，煲汤，有滋有味。邻居称赞母亲为后起之秀，父亲更常常竖起大拇指。

母亲渍辣椒叶更是上乘，过程简单，味道独特，摘一盆新鲜辣椒叶洗净，放容器里用盐腌几分钟捞出，往咸菜罐子铺一层辣椒叶、一层盐，摆好后，用石头压上，防止浮出水面腐烂。用塑料布把缸口封严，半月左右可食用。餐前抓出一把辣椒叶，用清水洗一下，免得过咸，攥干水分，放盘里，加进蒜末、味精，浇一点香油，淋些炸好的辣椒油，上撒一些芝麻提味调色，活脱脱一道美味佳肴，诱人的香气让人有些迫不及待。吃一口鲜味奇妙，这是生命过程中的幸福感受，有人说美食是情绪的管理者，食欲是人的追求，美味带来了愉悦。辣椒叶不仅仅是美味，它的价值更不能低估，药食两用，钙含量高过牛奶，具有明目补肝、健脾驱寒、养血除湿等诸多功能。在饮食生活中，人们多注重口感享受，忽略它的营养因素，不曾想在满足口感的同时，身体已悄然受益。

母亲凉拌辣椒叶，也是可圈可点，味道拿捏得恰到好处，好吃不复杂，把新鲜椒叶在凉水里浸泡几分钟，捞出洗净，放热水焯，再用凉水冲，把大蒜切末，加盐，淋上酱油、少许炸熟的植物油，撒上点芝麻，几滴香油调味，拌匀即可食用。

东北人一直以咸口著称于世，据我所见，对辣也是来而不惧，无辣不成菜。喝着小烧，吃着辣椒蘸大酱，佳酿加美味，活脱脱东北汉子形象。有地的家庭，辣椒是重要植物，每年必种。夏季到乡下，大片辣椒绿叶在微风吹动下，形成波浪起伏的绿色海洋，甚是壮美。当秋季来临，果实取尽，这些有生命的绿叶就化为大地的尘埃，随泥土一起沉沦。没有人怜惜它的离去，这是绿叶的悲哀。

很多人都知辣椒味美，不知其叶的妙用。母亲甘当美食传播者，每次去乡下，她都提前准备好容器，装上做好的辣椒叶咸菜，带到亲戚家品尝，亲授技艺。母亲说，乡下辣椒叶很多，白白浪费掉这些好食材实在可惜，愧对大自然对人类的恩赐，每个人要怀着感恩的心与自然界相处，久之，老家人了解了辣椒叶，辣椒叶食用方法迅速传播，并被视为美食。

辣椒叶用它珍贵的身价，改写被废弃的历史，奠定了稳固的美食地位，让人们重新认识它，对它刮目相看。

美味西瓜皮

西瓜是夏季防暑佳品，西瓜皮往往会被丢掉。后来，人们在生活实践中发现了它的价值，身价便开始上升。

盛夏，炎热，太阳炙烤大地。北方气候四季分明，冬有严寒，夏有酷暑，人们离不开防暑降温的西瓜。每年西瓜成熟的季节，瓜农赶着大马车或开着机动三轮车，载着身穿绿色条纹的外衣、大小不等的西瓜，在街边、在市场高声叫卖。傍晚，华灯初上，漫步在街道，常会看到这样的画面：道边停着西瓜车，瓜农坐在马路牙子上，穿着洗得发黄的背心，陈旧的草帽斜扣头上。西瓜没卖完，他是不能回去的，过一晚上，西瓜失去新鲜光泽，价位上便不占优势。

自从出现农药、催熟剂，一些人为了利益更大化，撒欢地使用这些化学产品，不正常的行为逐渐变成了正常行为。在药力作用下，寒冬也能吃上四季果蔬，只是似嚼着失去灵魂的干物，少了诱人的特性。

西瓜是酷暑中的清凉剂，其解暑、清热及利尿的药理被人熟知，内含多种人体不可缺少的营养成分，作为菜肴，拌、炒、熬汤、做馅皆可。

我家食用西瓜皮来源于表叔建议，很受益。表叔每次来都要带来几个大西瓜，用麻丝袋子，绑到自行车后座。表叔是没出五服的亲戚，当时对五服不明白其义，没有清晰的概念。请教父亲方知五服是指五辈人，往上推五代，从高祖开始，高祖、曾祖、祖父、父亲加上最小的这辈。血缘的亲情关系不出五代之内，同是一个高祖近亲，称为五服。

表叔大学毕业后分到城市工作，为方便照顾父母，调到县城，在一所中学任教，后为代班老师。学校里瓜农的后代很多，家长也多次邀请表叔去吃西瓜，临走又送了一些西瓜。吃不完，很多西瓜都被送到了我家，每次吃西瓜，妈妈都切一盆。孩子多，一个大西瓜风卷残云，剩下的西瓜皮掺上其他猪饲料，选择性地喂猪。据说母猪不能吃，农村俗语："男怕柿子女怕梨，母猪最怕西瓜皮。"究竟什么原因，没探究过，从食物相生相克自然属性看，西瓜是寒凉之物，吃多有不良反应。爱下厨的表叔指导妈妈用西瓜皮做菜，西瓜皮洗净，去掉里面的瓤，切下皮，切成条状或块状，放入作料，用筷子拌匀，鲜脆凉拌西瓜皮即刻生成，清淡如菊，跃于眼前，不经意间撞击你的灵魂，这是食物带给人的力道。

西瓜皮炖肉，五花肉切成片，西瓜皮洗净，里层留少许红瓤，增加菜的色彩，切成略粗的细条，锅里放少量油，放入五花肉，炒至肉变色，加入西瓜皮，反复翻炒。加入调料，放进沸水，中火炖熟，转至大火收汁，这道菜色香味俱全。

过去吃完西瓜，拿西瓜皮从院内往外抛，抛得远为赢，为童年的一种游戏。弟弟抛了一块西瓜皮，被下班的爸爸发现，顺手捡起来，笑着问："谁抛得这么远？"弟弟说是他扔的。爸爸把我们叫到一起，严厉地批评，讲了扔东西的严重性，踩上西瓜皮会滑倒，老人和儿童更危险，这是不文明的行为。这件事一直留在我的记忆里。

我吃过的臭菜

　　臭菜，也叫芝麻菜，不知它的学名叫什么，属一年生草本植物，分布全国各个省份。它是菜园的常种菜，在乡下家家都栽种此物。它是人们喜欢的蘸酱菜，作为蔬菜，单纯从蘸酱菜角度评价，称得上是独占鳌头的佼佼者。

　　乡下的清晨，熟睡的太阳还没全醒，稀薄雾气中，一片油绿的臭菜，带着滴滴晨露，在轻风吹拂下，闪着动人的翠色，飘着奇特的怪味。吃起来格外让人上瘾，和臭豆腐有一拼。

　　爸爸乡下亲戚多，我和妈妈经常去走动，每次吃到这极富个性的蔬菜，诱人的味道，愉悦着食者的味蕾。

　　第二年，妈妈向农村亲戚要了些臭菜籽，这是全家人的意愿，我们都是臭菜的体验者。在靠院里围墙的一面，辟出长方形的空地，种上了臭菜，周围种香菜和生菜。

臭菜对环境有很强的适应性，随意撒一把种子，有阳光的亲吻、水的滋润，长势迅猛，呈现着春的气息，它的成长，似在说明，冬天已经过去，姹紫嫣红的夏季已在路上。

种植臭菜，以北方居多，但也有大部分北方人对此不了解，更没品尝过它的味道，我经常去乡下，知道它的美味和价值。听表姑父家的爷爷说，臭菜也是药食兼用蔬菜，内含多种维生素、胡萝卜素，能促进人体对钙、铁的吸收，他吃了一辈子，清肠排毒，效果很好。

初品臭菜，带着一丝疑惑，对说不清的味道有些排斥，甚至担心有毒。看母亲吃得尽兴，心自然有了底，吃了几次居然把它收于心中美食排行榜，把臭菜种到家里，是我嚷嚷提出的建议，它十几年在家园生根、发芽，伴随我长大。早餐没时间吃臭菜，中午在外边吃，只有晚上，全家人围坐桌前，吃着饭，聊着一些听到、看到的见闻，这一刻是最美的时光。那时没有社会应酬，生活平静，每顿都离不开蘸酱菜，且必须要有臭菜提升味道。饭前，妈妈把青椒洗净，去掉里面的辣筋，切成很小的块状，和大酱放一起，炸成青椒酱，或用鸡蛋炸鸡蛋酱。周末休息，时间宽裕，也炸肉酱改善伙食。

到小园摘菜的任务基本落在我身上，妈妈说我心细，摘菜踩不到其他蔬菜。母亲的信任和夸奖，给我增加了劳动项目，每餐晚饭前，不用提醒，我自觉端着小藤萝走向后园。

这个小藤萝用柳条编织，奶奶用了多年，它的外面贴画很美观。绿叶子堆起的图案，一簇簇很有生机，绽放大小不一的牡丹花，高贵而大气。

蘸酱菜首先是臭菜，其次才排到生菜、香菜、小葱和小白菜。几种菜杂叶去掉，放盆里浸泡一会儿。家里人多，我尽量帮妈妈减轻点负担。

臭菜吃法很多，生吃、凉拌、做包子馅，都是常用的吃法。家里人都喜欢蘸酱生吃，或是凉拌，原生原味，更有特殊风味。

拌臭菜，和拌穿心莲一样，臭菜洗净，去掉根部硬节，切成小段加入盐、生抽、辣椒、葱末、香油等，拌均匀可食用。搭配米饭和粥，味道很独特。

臭菜很稀缺，去几次农贸市场，都空手而归。

　　我老师高维生先生是美食写作名家，在《味觉谱》中写道："饮食是一种文化，记录的不仅是美味，还是人生的各种滋味。"

泡萝卜干

萝卜品种很多，巧妙的命名，都是以外在颜色为主题。萝卜常用别名有莱菔、芦菔、土瓜，根皮呈绿色、白色、粉红色或紫色。我国是萝卜的故乡，早在《诗经》中就有关于萝卜的记载。古人对萝卜很重视，品种分得详细，《王祯农书》是元代王祯花了十年时间完成的，根据季节分成四个品种，"春曰破地锥，夏曰夏生，秋曰萝卜，冬曰土酥"。萝卜在古代享有较高地位，元代诗人许有壬写下了这样的赞美诗：

熟时甘似芋，生吃脆如梨。

老病消凝滞，奇功真品题。

萝卜具有很高的药用价值，李时珍主张每餐必食，并评价萝卜：能大下气，清谷和中，去邪热气。民间谚语经验之说：冬吃萝卜夏吃姜，一年四季保平安。

　　古时，劳动人民已发现萝卜对身体的益处。民间有一个传说，有一年冬天，慈禧太后要到皇家园囿南苑去打猎赏雪。来到西红门时，骑马跑累了，想吃梨，由于随员们连续奔跑，保暖盒盖子掉了，梨冻成了冰坨。这时，西红门行宫管事给老佛爷端上一盘心里美萝卜，让老佛爷解渴。慈禧见这萝卜翠绿的皮、水汪汪紫红的心，透着一股鲜亮，又脆又甜，下旨，将西红门萝卜定为贡品。以后凡是进贡萝卜，都要打开城门，可见萝卜在宫廷的地位之高。

　　萝卜是多用途菜系，颜色不同，作用各有不同，红萝卜、白萝卜，可蘸酱、烧菜。红萝卜炖土豆条，程序类似做汤，只是起锅放香菜末，浇几滴香油，有条件可抓一把虾皮调味，搭配米饭和干食，谓之鲜汤极品。红萝卜做饺馅，是常吃的美食，将萝卜擦成细丝，粉条焯水剁碎，放入调料和虾皮，包成饺子或是烫面包子。外加一碟蒜泥、韭花，是百吃不厌的食品。到饭店吃饭，饺子模型旁立一个牌子，上写萝卜虾皮素蒸饺，很受食客欢迎。盛夏人燥，水萝卜、小葱和萝卜缨子拌酱，一碗投凉的水饭，解决苦夏的烦恼。红萝卜炖牛肉也属上品。红萝卜做法百花齐放，举不胜举。白萝卜和绿萝卜的作用相同，凉拌生吃皆可。

1978年，下乡接受再教育，知青点男知青多于女知青，男知青性情顽劣，恶习不改。队长三令五申立下规矩，他们仍然我行我素，我们出工收工都要经过一片萝卜地，趁看地人不注意，经常偷拔萝卜，老农穷追不舍，最后批评教育，不了了之。

后来，男知青总结经验教训，之所以被发现，就是弯腰拔萝卜，老农专盯弯腰的。于是每次收工改变了做法，几个人用脚踹萝卜，一次踹下四五个，踢出很远，拾起萝卜。将萝卜摔成几半，分着吃，又甜又脆，当水果享用。吃不了带回宿舍，蘸酱，凉拌，偷着喝酒，每每想起这些趣事，仍然留恋那段岁月。

我喜欢吃萝卜，它鲜辣、爽脆，刺激人的味觉神经。时间长了不吃它，家人觉得胃口空虚，都离不开这口，这是食物的魅力。

　　至今，我都保持逛市场的习惯。每到周日休息，我都推着购物车去早市走一圈，买几个萝卜。市场很大，呈十字形，在市场东南拐角处，有一个头发花白的老妇人，衣着很旧，但干净整洁。前边地摊上摆着装满萝卜干的柳条筐，绑筐梁的布条已经破损，用线密密麻麻缝得结实。她左边放一大玻璃罐泡着的萝卜干，又用塑料饭盒装一点泡萝卜，就着吃玉米面窝头。此情让我佩服老者的超前广告意识，她现场实物宣传，招揽了一众顾客，我也在其中。

　　想想，我也晾晒了一些绿萝卜干。去年秋天在市场选了一些嫩的、身形小的萝卜，去掉头尾，螺旋式地割成圈状，挂在晾衣架上。干了用布袋收好，用塑料袋不透气，容易发霉。吃的时候洗净，放蒜末和芝麻。考虑口感，可把酱油烧开，放一点植物油，浇入萝卜干浸泡。几天后可食用，软硬适度，鲜香可口，萝卜是生活中理想的佐餐，一碟萝卜，一生的念想。

酱茄子

　　周末去菜市场，准备买一些茄子，晓墨想吃炸茄盒。时间有些晚了，人群还没有散尽，晨阳已跳出地平线一角，我急急找到卖茄子的摊位。一个农民老汉，布满老茧的双手战抖着，卷一支旱烟。不知是累了，还是饿了，神情略显疲惫，和他身体有些不相称。在我看来，农民应该永远是精神抖擞，有用不完的力气。他后面停着一辆三轮农用车，我判断他走了很远的路。用这种车拉菜说明一定距离远，否则油钱不合算。

　　一堆茄子成一座山形，茄身还挂着清晨的露珠，身体发着紫色的光泽，似睡非睡，看样子也想来个回笼觉。我理解它们，食物没有语言，用灵感和人类对话，灵与魂之间相通。它们是有生命的群体。市场管理员高声催促着，收摊了。

我无暇顾及茄子的感受，抓紧收摊前的时间，买了几斤茄子、青椒、香菜。茄子是家常菜，在蔬菜行列中，不能忽视它的存在。茄子又名落苏，也被称为倭瓜，有长、圆，或椭圆形。品种很多，有条纹茄子、绿茄子、紫茄子、白茄子，但白茄子少见，只是听说。绿茄子身体滚圆，可做蒸茄子、炸茄盒、炖茄子；紫茄子长，可做烧茄子、酱茄子。茄子用途广，可衍生很多菜，和主食百搭。

　　夏季炎热，人的胃口欠佳，煮玉米，土豆拌茄子，调动起味蕾。凉水投饭，配一盘酱茄子，都是不错的选择。做酱茄子很简单，可按个人口味随意做，把茄子洗净，锅放油烧热，茄子依次摆在锅里，开小火慢煎，两面煎透，放入大酱、小料翻炒，撒上一层香菜末，理想的下饭菜。

　　也可做红烧茄子，把紫茄子去蒂，洗净，用刀划成格子花纹，放油锅中过油。把肉剁成馅待用，茄子夹出，茄体出油，水分减少，放入剁碎的肉末、相关调料，熟后起锅加入酱油调色。

　　北方人喜欢捞二米饭、大炖菜，这已是当地一种饮食习俗。在传统文化里，习俗也是其重要组成部分。捞二米饭，大米与小米搭配，锅里多放些水烧开。淘好的米下到锅里，不停搅动，以免煳锅。八九分熟后，用笊篱把饭捞到盆里，米汤倒出来备用。锅刷净放油烧开，茄子用手掰成条，以免有刀锈味，影响味道。土豆用刀切成块。蒜瓣切片，葱花切段，放锅炒至金黄。放花椒、大酱等一众食材，土豆茄子入锅炒至无水状，把捞饭的米汤放锅里炖。上面放屉，把二米饭蒸上，米饭松软，茄子流香，引人食欲。如果有几棵香葱更为爽口，米汤炖菜，漂浮的米油具有极高的营养价值。

炸茄盒是晓墨喜欢的一道菜，用绿茄子比较合适，圆形，面积大。两片茄片尾部连接着不要切断，肉剁成馅，放入葱花、酱油、花椒、盐，把馅搅匀。夹到两片茄片中间，把面粉稀释成稠状，茄盒在稀面中裹一下，周边开口处封好，投入沸油中炸至微黄，即可食用。外酥里嫩，很诱人。也可做溜茄盒，里面添加蔬菜，放少许水，烧开锅即食。

茄子也可做成卤，拌手擀面条。茄子洗净，切成条状，放锅翻炒。加入酱油或大酱，开锅后放少许淀粉，茄条达到轻微稠度即完成。把茄子卤浇到过水面条上，这种卤面吃起来更有味道。

茄子是多种食材的搭档，更是人体的中医营养师。从中医角度诠释茄子，它对人体有多种益处，茄蒂、叶、根、茎均可入药。茄子性味甘、凉，对于五心烦热、咽喉肿痛、眼睛赤红的人有很好的缓解作用，能活血通瘀，并具有减肥瘦身之功效。茄子热量低，内含丰富维生素、纤维素，能有效地防病治病。

俗语说，"药食同源"，这是古人留下的养生经验，现在人们用食疗来治病，皆有据可依。每一种食物都具有双重性，茄子味美，却不宜多食，更不能生食，尤其脾胃虚寒者，少吃为宜。《本草纲目》记载，茄性寒利，多食必腹痛下利。

黄瓜纽

酱腌黄瓜，越小越嫩。霜降之后没成熟的黄瓜纽，摘下来是很好的食材，虽然长得七扭八斜，瓜体弯曲，丝毫不影响它的美味，清淡甜爽。

黄瓜别名叫胡瓜、刺瓜、王瓜，五代十国时为避皇室讳，改为黄瓜。它内含丰富的蛋白质、多种维生素、胡萝卜素、钙、铁等营养成分。

黄瓜属于舶来品，据著名医学家李时珍考证，黄瓜是张骞从中亚地区沿着丝绸之路引进的。南宋诗人陆游曾感怀，诗曰：

白苣黄瓜上市稀，盘中顿觉有光辉。

时清闾里俱安业，殊胜周人咏采薇。

千百年来，黄瓜深受人们的喜爱，赞美之词数不胜数，在岁月里留下美妙的音符。黄瓜是生活的调和剂，炒黄瓜、拌黄瓜、黄瓜汤、黄瓜素蒸饺，让人念念不忘。黄瓜素饺子，把稍老一点的黄瓜去皮，去瓤，擦成丝，放少许盐，用纱布裹着去掉水分，油煎鸡蛋剁碎，放调料，搅拌均匀，包时放盐，以免黄瓜再次出水，可煮，可蒸，吃一口清爽宜人，美味甘甜。

　　酱腌黄瓜也十分美味，摘下来的黄瓜纽洗净，放入容器中控干水分，加盐浸泡，变蔫后，捞出放在盖帘上。黄瓜纽装入白纱布袋里，放入酱缸。随着时间，酱香慢慢渗透，黄瓜纽充满豆香味道。绿尖椒如法炮制，吃时夹出几根和青辣椒一起切成片，放入香油和蒜末，很下饭，配粥和米饭都是不错的搭配。北方人很喜欢酱腌菜，这来源于人们对于一种食物文化的认识、喜爱程度，地域差异很大，人们所说的南甜北咸东辣西酸就是这个道理。

韭菜花

　　汪曾祺老先生摘录五代杨凝式的《韭菜帖》："昼寝乍兴，辄饥正甚，忽蒙简翰，猥赐盘飧。当一叶报秋之初，乃韭花逞味之始。助其肥羜，实为珍羞，充腹之余，铭肌载切。谨修状陈谢，伏维鉴察，谨状。"让我明确了五代就已经有韭菜花问世，少了一些疑惑和探究心理。

　　韭菜花在北方用途很多，已成为人们喜食的大众食品，到餐馆就餐听到最多的就是"有韭菜花吗"这样的问话，这似乎是食客对餐馆的要求，餐馆为这一众食客，也提前备好韭菜花。

　　北方四季都离不开韭菜花，独特的味道，让人无法忘怀。吃火锅、蘸饺子、配猪肉、拌面条、夹馒头，它都是重要调料。寒冬时节，白肉酸菜，韭菜花大有用武之地。

韭菜花在家庭食物中，占有一定位置，有人称它为韭花，也有叫韭菜花。

　　为方便卫生，家庭自制韭菜花日益增加。每年早秋，韭菜花上市。韭薹上长出一簇簇白色小花，在绿伞的衬托下，圣洁而清丽。它们堆满多个摊位，散发出的清爽芳香，浸染着秋的时光，人们循香购买。

　　家庭制作韭菜花，内含很多秘诀。刚买的韭菜花食材，去掉下面多余的韭薹，净水清洗，放适量盐。腌渍三十分钟左右捞出，放菜板上剁碎，放入姜末，加盐和小苏打，搅拌均匀。准备玻璃瓶子，洗刷干净，要绝对没水没油，装入拌好的韭菜花。盖上盖子，瓶盖上用塑料膜封好，放在阴凉干燥处。一个月以后开盖即食，韭菜花依然青翠鲜绿，不泛黄。如果滴几滴柠檬，能令存放时间更长，丝毫不影响颜色，提鲜的效果也更好。

　　韭菜花药用和食用价值都被认同，它内含多种有益人体健康的成分，并有益肝健脾、润肠补肾、开胃助消化的功效，其中蒜素具有杀菌作用。它鲜美的味道，是多种食物的辅料，炒鸡蛋、做卤面、炖土豆，味道等同韭菜，搭配各种菜肴，临危不惧，指点江山。

拼凑流逝的生活碎片，呈献出一张张美食图，嫁接出别样的绚丽，这是先祖创造的食物经典，留下难忘一页。

素中之荤的韭菜

春雨似甘露洒向饥渴大地,把春韭从梦中吵醒。它在月挂中天的夜晚,复活新绿,舞起翠色彩带,捎来早春的信息。

小园那一畦畦新韭,挂满欲滴的露珠,晶莹亮泽,带来食欲的振奋。小园的动人景致,让我想起秦少游的词:"小园几许,收尽春光,有桃花红,李花白,菜花黄。"被冠以素中之荤的韭菜,是人们喜爱的食物,民间有阳春三月食新韭之说。

每年第一茬韭菜,味正香浓。能吃上韭菜馅饺子,成了我们的期盼,也因此格外重视韭菜地。春天干旱,晚上放学,我和弟弟抬着水去浇韭菜地,次数很勤,母亲制止我们,别浇了,再浇就涝了。父亲开垦的几处菜地,房前屋后充满着无限生机。当初,其中一块菜地位于我家后院,是一块荒地,上面有很深的泥坑，每年雨水勤的时候，坑成了泥水塘，行人绕着走，晚上不小心容易掉进坑里。父亲休息时带领哥哥和弟弟挑土填坑，后变成了一块菜地，也解决了行路难的问题。

几处菜园被母亲侍弄得井井有条，种满常吃的各种蔬菜。从夏到秋，什么季节种什么菜，这是全家一年的给养。常吃的当属美味的韭菜，客人来了，没什么准备，割一把韭菜炒鸡蛋。炒土豆丝、炸韭菜酱、做卤面、烙韭菜盒子、包饺子和韭菜篓子，方便快捷。

母亲的韭菜馅饺子，可是一绝。方法简单，只是调料掌控准确，把韭菜洗干净，切成末。肉剁碎，放少许水，顺时针搅动，待肉成糊状，发出沙沙的水流声。调料和油放馅中，继续搅，最后放入韭菜，上面撒入打散的鸡蛋。韭菜不出水，这样的饺子吃一口，鲜香怡人。

蒸韭菜篓子，做法和饺子相同，只是不放肉，放虾皮。皮薄馅大，满足对韭菜的欲望。韭菜在我国已有三千多年的历史，古代名人对韭菜给予了高度赞扬，《诗经》就有"献羔祭韭"的诗句，宋代刘允成《夜雨剪春韭》曰：

杜老情何恨，东风夜雨春。

炊粱留客款，剪韭荐时新。

曹雪芹在《红楼梦》第十八回中的名句："一畦春韭绿，十里稻花香。"郑板桥诗曰："春韭满园随意剪，腊醅半瓮邀人酌。"从不同的角度，肯定韭菜价值。

《山家清供》中记述，六朝的周颙隐，居于中山，清贫寡欲，经年食蔬。文惠太子问他，蔬食何来最胜了，他答曰："春之早韭，秋末晚菘。"把早春的韭菜和秋天的白菜当作最佳的食蔬享受，可见韭菜在古人心中的地位。

韭菜，别名起阳草、懒人菜、长生韭、壮阳草、扁菜等，多年生草本植物，有强烈气味，条形，扁干，种子可入药。

春韭具有超强的生命力，一茬割倒，新的一茬应运而生。活得洒脱，活得自信，不放弃任何的生命机会，永无止息，它顽强的精神，值得人类去学习。

韭不但美味，对人类还有着良医的作用。它内含的纤维素，有效阻碍人体对胆固醇的吸收，并具有降血脂、预防心脑血管疾病的功效。在中医眼里，韭菜对人体的作用也是不可估量的。

我家屋里阳台宽大，阳光充足，我爱人说适合栽种韭菜。严寒季节，韭菜冬眠，只能等到春天，买了两个蓝色塑料条形槽子，把韭菜粒种在里面，过很久，韭菜并没有长出来。后来询问农民得知，韭菜必须嫁接栽培。我们如梦初醒，开车去棋盘山满堂乡找赵大哥，索要韭菜根。回家栽到槽子里，真的长出了韭菜，但有些弱不禁风，又稀又细。赵大哥说，一茬比一茬结实茂密，果然第二茬韭菜粗壮起来，等到三茬韭菜，翠绿且茂密。割下第三茬韭菜，我们加入了大头菜，包了一顿自己种的韭菜饺子，当时很兴奋。以后逐渐多起来，做菜有时割一把提味，这两槽韭菜一直到今天，依然长势喜人。

我与大酱的约定

东北人吃饭离不开盐酱，大鱼大肉没有咸菜佐餐，也会食之无味。清淡是属于江南人的，跟东北人不搭界。

东北人讲究咸滋有味，餐桌搭配一碟咸菜、一碗酱已成规律。大酱是东北人传统食物，东北人对大酱的喜爱不比鱼肉逊色，每户东北人家都有做大酱习惯，自制黄豆酱味道独特，酱香诱人，吃着放心，是家庭主宰食物，一年四季离不开。

夏天炎热，人苦夏，胃口不好，接一桶拔凉的井水，浇在热饭上，投几次。到园子里摘几个茄子、辣椒，拔一棵大葱，用手撸葱叶。一碟黄豆酱，吃几碗水饭，清爽可口，人顿时精神，没了夏日的烦躁。

冬季时，蔬菜短缺，煮一锅大芸豆苞米楂子粥，或捞一盆二米饭。焯一把干白菜，甜菜缨子，配着大葱蘸酱，引人垂涎，给人带来无与伦比的快乐。

俗话说，一方水土养一方人。以地域为界，一座城市美食，有其文化代表性，渗透出本土饮食理念，以"棒打狍子瓢舀鱼，野鸡飞到饭锅里"著称的大东北，经历无数岁月沧桑和历史风云，东北人脾性依然如故，坚韧豪爽，映衬于食物上，形成东北特有的美食文化性格，大酱就是东北的代表性食物。

在乡下，每年下酱是大事。前年春天去乡下串门，一路上，泥土挟着迎春花的芳香，扑鼻而来。沿途土坯房已不见踪影，绿树掩映下，红砖瓦舍平地而起。举目望去，在翠绿如茵的房屋前，家家有大小不一的酱缸。白色酱蒙子飘着红色布条，衬着油绿的田园，甚是夺目，形成动人景致。酱缸旁侧立着笠帽形尖顶酱帽子，在阳光辉映下，闪着银色的光。酱帽子是酱缸防雨具，用高粱或苇子手编而成，透气防雨。大部分选择白铁皮酱帽子，防雨效果更好。

雨天，老人孩童坐在炕上，透过窗玻璃，一边唠嗑，一边观雨。雨水从酱帽子顶端顺流而下，似微缩山峰瀑布，雨滴敲打银色帽顶，叮咚作响，奏着动人的雨中曲，这是乡下雨天美景。

大酱在古代称为醢，是满族美食，满族先人真是合格美食家，让人心生敬仰。隋唐时期就曾种豆制酱，《新唐书·渤海传》《金史》都记载了女真人制酱历史，这是我国发酵文化精彩起点。《论语》"不得其酱不食"，已说明酱的重要。

传说努尔哈赤出外打仗，壮士长期缺盐，体力不支，后用大酱代替食盐，出兵在外，军厨必带上大酱，形成一句俗语"兵马未动，大酱先行"，可见，大酱当时和军粮同样重要。

明朝大才子唐伯虎在《开门七件事》中说："柴米油盐酱醋茶，般般都在别人家。岁暮天寒无一事，竹堂寺里看梅花。"足见大酱在生活中的位置。

除食用外，大酱还有药用价值，对付蚊虫叮咬有奇效，皮肤发炎、烫伤时，老人会告诉涂上大酱，可抑制水泡。

大酱是重要调料，酱焖鲶鱼、酱焖鲫鱼、酱焖茄子、酱炖豆腐皆用到它。承蒙大酱担当，唇齿生香中让人心醉。酱腌咸菜又是一种风味，秋季黄瓜、长豆洗净，用盐泡软。凉开水冲洗后，控干水分放在干净面袋中，投入酱缸，吃一口爽脆鲜香。芥菜、倭瓜蒸熟，可用此法腌制。省略盐泡过程，我喜食咸倭瓜，似在品味咸香的蛋黄。大酱撑起无数独特味道，满足了人们味蕾的需求，让人从食物中感受生活。

小时候，我曾对母亲说，长大了要亲自做大酱，这是我与大酱的一个约定。去年，思酱心切，流水线生产的酱无法满足味觉需求，我独自体验做大酱过程。按照记忆中母亲的制作方法，一进腊月买上好的黄豆，精挑细选，去除杂粒洗净。清水浸泡一夜，黄豆变得肥胖，身上豆皮脱落下来。泡好的黄豆捞出，按比例加水，放入黄豆。烀黄豆，上下勤翻动，避免烀锅。待黄豆烀到呈棕红色，锅里剩些许豆水，用擀面杖捣碎。放在面板上做成酱块，大约两斤一块，晾晒干爽后用纸包好，放在温暖处发酵。酱块上面长出如雪白绒毛，这是成熟特征，反之发酵失败，自然也做不成酱。母亲说下酱选在农历四月初八、十八、二十八这三天完成。对这强制性下酱时间，我深感好奇，曾带着疑惑从母亲那找答案，母亲告诉我，是古人规律，沿袭奶奶传承。后来有人说，八与发谐音，意味着发酵之意，这种解释很牵强，不过却是唯一的答案。

我选在四月十八这天下酱，没有为什么，只是冥冥之中的决定。这天我做准备工作，清理酱块，刷净酱块白绒毛，掰成若干个小块，放在盖帘上晾晒，待水分挥发，酱块入缸。一层酱料一层盐，视酱料数量加入净水，坚持每天打耙。酱耙用木头做成，呈方形，中间铆一根圆柱形耙杆。酱缸罩上酱蒙子，上系一条红布条，讨吉祥，避邪气，楼房省却酱帽。

一个月后，空气飘来阵阵酱香，这是大酱成熟的味道。下酱有一个不成文的旧俗说法，每个人下酱味道不同，一人一味，有香有酸，下不好还有怪味。我个人感觉自己下酱属鲜香型。在大酱诱惑下，我做了多次东道主，与好友一起品味大酱带来的愉快。

我完成了与大酱的约定。很多年过去了，仍不时想起儿时的歌谣："烀黄豆，摔成方，缸里窖成百世香。蘸青菜，调菜汤，捞上一匙油汪汪。"

酱焖小土豆

土豆，学名马铃薯，别名洋山芋、洋番薯、山药蛋。因具有丰富的营养成分，被称为地下人参，它内含多种维生素，是受欢迎的常备菜肴，土豆炖鸡肉或牛肉、炝拌土豆丝、尖椒土豆丝，炒、焖、红烧各具千秋，百吃不厌。酱焖小土豆更是一绝。

到了秋天，少了夏日的炎热和苦夏带来的烦恼，胃口也大增。农产品大量上市，价格低廉，品种齐全，人们择优挑选。这个季节，家家习惯做酱焖小土豆，说它是咸菜，并不准确，它比咸菜更有味道。

小土豆，顾名思义，是非常小的没成熟的土豆。数量很多，身形矮小，削皮吃力，只能拉到市场出售，挣点零用钱，才是明智选择。早市摊位比比皆是，久之，人们似在沙漠中发现珍珠，便宜买回家。搭配一些与之相关的食材，绿尖椒、带根香菜、芹菜等，择好洗净。买一斤肉皮或者猪肉提香，锅烧热，放入肉皮炒片刻，加水。众食材一起倒入锅中，加酱油、少量盐，小火炖，熟了盛出，放入容器至凉透食用。错综复杂的颜色，混合的蔬菜味道，吃一口咸淡适中，味美下饭，这是秋天的理想产物、大自然的馈赠。

沙漠面包

椰枣，这个名字让人感到生疏，当你了解了它的作用，品尝了它的美味，便会爱上它。

椰枣，又叫海枣，我国南方各地多有种植，它有耐性高、喜光照等特点。椰枣树是世界上最古老的树种之一，有几千年的历史。据载，在吾珥王朝陵墓中曾发现椰枣和椰木，椰枣树学名"腓尼基长枣的树"，据说是公元前三世纪的古希腊哲学家泰奥弗拉斯托斯在其著作《植物研究》中首先使用的。

古希腊人喜欢椰枣树，把它作为胜利的象征，由此，椰枣似一个使者，把两河流域的古老文明，同尼罗河下游的古埃及文明、地中海北岸的古希腊文明联结在一起。它是阿拉伯地区传统农作物。伊斯兰教的先知穆罕默德，生活朴素，饮食简单，但他非常喜欢椰枣，曾嘱咐弟子说："你们要尊敬你们的姑祖母——椰枣，因为椰枣和人祖阿丹是用同一种泥土造成的。"

埃及诗人赞美椰枣说："椰枣是穷苦人的食物，富人的糖果，也是旅行者出门在外的干粮。"所以，椰枣又被称为"沙漠面包"。

椰果在我国古时多有记载，唐代刘恂的地理杂记《岭表录异》云："肉软烂，味极甜，如北地蒸枣。"

椰枣原产在中东和北非，约在西汉时期沿丝绸之路由商人从西域引进我国。椰枣的营养价值高，含有几十种营养成分。

北方寒冷，水果稀缺，谁家孩子得到一个南方水果，不舍得马上吃，跑到小朋友中间显摆，引来大家羡慕。椰枣属南产果类，销售却很多，商店柜台上随处可见，几毛钱一斤，便宜又好吃，是我们日常的零食。每次都多买几斤，去掉表面灰尘，清洗干净，生吃或上屉蒸几分钟，待凉后食用。熟后的椰枣，果体长圆形，呈深橙黄色，果肉肥厚，浓甜似蜜，吃一口果皮细腻，软硬适中。

每天上学，在书包里装几颗椰枣，留在课间休息吃，甘甜香糯的味道，让人上瘾。每天早餐熬粥，椰枣与粥同煮，枣味与米香融合，飘散诱人的香气，滋润全身。蒸饭放上两颗，饭味大变，两者之间的结合，带给人美味享受。

几十年过去了，如今随着商品流通的加速，人们不再把南方水果当成稀罕物。椰枣淡出人们的视线，让我很困惑。想来北方人喜咸食，这是主要原因。

北方的饮食风俗，决定人们的饮食取向。椰枣蜜一样的口感，在我的内心深处，不会忘记。"沙漠面包"是百吃不厌的美味，甜蜜了我的生活。动人气味，萦绕在鼻翼间，不会散去。

祖母与小米

有一天，与朋友聚餐，店家米饭有些硬，胃一直不舒服，很担心老胃病复发。

清晨起床做早餐，打算煮点挂面，斟酌一下，还是煮了小米燕麦粥，这已成惯例，持续好多年。

过去胃不好，不能吃硬东西，尤其大米饭，长期食用，胃易泛酸。小米不离我食谱，煮粥、焖饭、捞饭，是离不开的主食。

我站在灶台边，等待米粥熬熟，眼睛不自觉盯向饭锅。米在水的参与下，炉火窜动，火苗很有兴致，在它的催促下，饭锅发出交响乐声。

我细看小米在水中的动态，微小的颗粒，浅褐色的米脐，似一双晶莹的眼睛，正深情地对视。它似乎想诉说衷肠，我心生激动，仅凭它娇小的身躯、丰富的内涵，启示我们它的重要性。要珍惜每一粒米，它们是有生命的食物。

小米，又称为粟，北方称谷子，谷子脱壳为小米，其粒小。小米为五谷之首，是世界上最古老的栽培农作物之一，它起源于我国黄河流域，是古代主要的粮食作物。粟生长耐旱，品种繁多，清代《授时通考》记载了251种。俗称"粟有五彩"。

小米伴随了我奶奶的后半生，奶奶牙齿不好，牙没剩几颗，这也导致了严重的消化不良，造成了肠胃虚弱，大米饭只能吞食，面食用水泡，失去了食物自身的味道。小米成了奶奶救命之药。小米粥柔软，化解了吃饭的难题，多种营养成分补充了身体的需求。奶奶离不开小米，把小米当作朋友，家人了解她与小米的感情，哪里有上好的优质小米，都想着给老人买回来。

古往今来，围绕小米，发生了许多故事和传说。据说，1683年前后，康熙皇帝去木兰围场秋狝，路过摩柯场川。随行官员给康熙进膳了小米粥，香气扑鼻，吃一口香甜清爽，康熙皇帝不禁胃口大开，连吃两碗，膳后问道，此为何米？侍者说，此乃摩柯场川所产上乘精米。康熙笑道，莹洁如玉，米质柔韧，香醇适口，真一绝也。此后，每年康熙秋狝，都要吃当地小米，并将此地所产小米，带回京城，赏赐给王公大臣，小米因此成了贡米。

小米有很多吃法，我经常做小米蔬菜粥，主副食搭配，吃出营养。小米洗净，用水浸泡，胡萝卜、绿叶蔬菜洗净，切成丁，锅烧热，放少许油，放入胡萝卜翻炒，把小米放锅里小火慢煮，起锅时加绿叶蔬菜，放入食盐，清香爽口的蔬菜粥，让人食欲大增。

咸大头菜

　　大头菜，也叫甘蓝，地域不同，叫法有别。人们都熟悉腌渍酸菜，或腌咸菜，对腌大头菜觉得陌生，吃过后都公认是一种美味。

　　秋天，绿野涂上一层金色，各种食材收之入仓。新鲜大头菜挂着早霜的露珠，这时买来的大头菜新鲜，易放。晒两天，自然挥发水分，去除老叶，洗净，切成细丝，放缸里，一层菜，一层盐。第二天，加入凉水，封好口。入冬，捞出一些泡去盐分，加肉丝，按正常炒菜步骤，熟后的大头菜别有一番滋味，各种食物，各样做法，各有味道。

腌糖醋蒜

腌渍咸菜是秋天的大事，缺少咸菜佐餐，饭似乎都失去味道。调动不了味蕾的食欲，吃得自然没兴致，人们变着法地搜寻咸菜、酱菜的做法，最常见的当数青蒜头。

每年收获季节，农民赶着马车，或开着三轮车到集上销售青蒜。三轮车在乡下用得很多，三个轱辘，开起来发出砰砰刺耳的声响，这个车很实用，装得多，又便捷，很受农民欢迎。

清晨，踏着早霜逛菜市场，路边青蒜堆成小山，白白嫩嫩，很是诱人。购买者有很大的挑选空间，选皮薄头大的扛回家。趁新鲜把外面杂皮剥掉，留一层保护蒜体的完整，洗净，用盐水浸泡一夜。捞出，控干水分，视蒜数量，准备几瓶 5 度米醋，酱油、白糖少许，调料要选正规厂家，腌出的蒜味正。

可根据个人口味加减花椒、大料、鲜姜片、糖、盐等，同时下锅煮沸。冷却后，把控干水分的蒜头放入容器，容器一定做到无水无油，否则会发生腐烂。凉好的调料汁倒入容器，以淹没食材为限。封好口，一个月后，酸甜鲜辣的糖醋蒜即大功告成。这是人们喜爱的食物，增添了生活乐趣。红尘中每一次驻足，都是灵魂在岁月中净化。

腌芥丝

　　周日，去朋友家小聚，常吃的饭菜摆一桌，并没新鲜可言。朋友喊着开饭了，手端着一盘芥菜丝迈步进来，满桌人不自觉吸着气，有一种刺鼻的舒服，扑面而来。席间不问缘由，不约而同筷子伸向芥菜丝，吃一口有一种特殊味道，连吃了几碟，味觉上得到极大的满足感。我向朋友取经，讨要制作方法，他说很简单，并详细介绍做法：取 1 斤大蒜、0.5 斤清醋以及各 0.3 斤的辣椒粉、味精、糖做成调料汁，最后用 0.3 斤熟热油浇在用以上调料拌好的 10 斤芥菜上，盖上盖子，一两天后即可食用。

　　得此方法，如获至宝。正是芥菜收获季节，按着要求，我如法炮制，做出美味的芥菜丝。

　　每一种食材的搭配都有其科学性、知识性，才能制作出美妙的神品。想起汪曾祺老先生的话，咸菜可以算是一种中国文化。

雪里蕻

北方气候寒冷，冬春交替时间长，也是农民常说的春脖子长。这是一个过渡时期，为过冬贮存的白菜、土豆等家用菜，基本所剩无几。春耕前到田里打碴子，做好播种前的准备，这是一种高强度的劳动。蔬菜短缺，咸菜是最佳替补。

打碴子是把头年的农作物根子刨出来，在田里晾晒，干透后，磕掉土拉回家当柴火用。这些乡言俗语，是农民生活经验的积累，土气中藏着高尚，平淡无奇的日子里，活出生命的韵味。

每年秋季，家家都做好春荒的防范，雪里蕻是咸菜中的最佳选项。它可以搭配出许多菜系，人们也十分重视，都用大号缸腌渍，青黄不接派上用场。

　　雪里蕻虽然是芥菜的变种，但味道好，很受大众青睐。

　　我家每年都要腌上一缸，早秋雪里蕻刚上市，需提前购买。一棵棵新绿的翠色，没有一丝的黄叶。用手掐一下，叶汁饱满，茎叶细嫩，是最佳时期。稍晚，颜色呈深绿色，且有些硬。细嫩的入口咸香，茎叶老的纤维多些，入口有硬节。

　　腌雪里蕻的方法讲究，买回家择掉杂叶，用盐轻揉，汁液慢慢分泌出来。待汁液淹没食物本身，取少许苏打粉，继续慢揉至其溶解。之后，用石头或重物压在上面，封好口，置阴凉处，一个月即可食用。取出洗净，用凉水泡去一些盐分，可按个人口味搭配食物。雪里蕻炖豆腐是不错的选择，是北方人很注重的一道菜，在这里，雪里蕻的身份不是咸菜，而是百变蔬菜。

　　北方盛产大豆，那时豆腐可以等物交换，用黄豆换豆腐。小贩账算得细，不会轻易赔本，这样一举两得，既成全了小贩，又方便了购买者。早晨时间紧，雪里蕻炖豆腐简单又美味。只用油炸锅，放调料加水，把泡好的雪里蕻和豆腐放锅里炖，不必放盐，起锅即食，搭配干饭，吃出意味。

雪里蕻炖黄豆，也是一种美味。提前把黄豆泡软，但不肥大。雪里蕻切成一寸长，锅烧热放油和调料，泡好的黄豆和雪里蕻同时放入锅中，小火炖。随着灶火的燃烧，味道提升，吃在口中，释放在味蕾间，鲜香的个性，给人灵魂的升华。

　　这里值得一提的是雪里蕻炖土豆条，也是味道绝佳。据说蒋介石最钟爱的早餐，是雪里蕻配稀饭。原配毛福梅每年都派人给蒋介石送雪里蕻到南京官邸，这种饮食结构让习惯吃西餐的宋美龄觉得不可思议。

　　雪里蕻的上述几种常见做法，都少不了炖字，炖比炒更有味道，这是利用食物本身的特点。雪里蕻炒肉另当别论，把猪肉洗净，切成块状，不要太碎，用淀粉抓一下，使肉鲜嫩。捞出雪里蕻，泡去少许盐分，不要过咸，切成小段备用。锅烧热，放油，油量不要太少。葱末、蒜末炒至微黄，放肉翻炒，再放入雪里蕻，稍炒片刻。红辣椒切丝，撒在锅里，加适量水，以免干锅。这样炒的雪里蕻，一片新绿中泛着点点的红，使人吃出色香和快意，重拾绵长记忆。

　　从老家回沈阳，带着自制香肠，决定在家小聚。朋友们点名要吃雪里蕻炖肉，我欣然应允。以食会友，必在家中，方显得情之浓，这是人与食物的精神连接，能体现生活的韵味。

雪里蕻炖大块肉，在家乡吃过。这种做法曾让我产生过怀疑，现在恰好拿出来让朋友们品评一下。

肥瘦相间的猪肉，切成中块，用沸水焯一下，去掉肉腥。锅放油，加入葱、蒜，猪肉炒至变色，加调料翻炒。加水，小火炖。雪里蕻捞出，泡去一些盐分，切寸段，放入锅中炖。剩少许汤起锅，放几片红辣椒，起到点缀作用。菜没入口，鲜香已浸染整个黄昏，大家称赞这道菜口感极好，对我这食肉族也是不小的犒劳。

岁月中留下这一抹清芳，随着时间慢慢回味。

难忘的甜根

北方人都重视山野菜，随意问起山野菜的名字，都会随口说出若干个名称，可见对山野菜喜爱之深。

在众多山野菜中，大家也许不知甜根为何物，吃过的人不多。甜根的味道是淡淡的清甜，生食鲜脆，熟时类似山药口感。可加入杂面里蒸窝窝头，也可凉拌、做汤，它是山野菜中唯一可代替主食的野味。北方肥沃的黑土地，滋养着多种野生植物，为人们提供生存基础。甜根和这些伙伴相互为邻，外观和青草十分相似。拔下叶子，下面是果实，奶白色，细而长，给人感觉像是一根土豆粉条。全身一节节似青竹，运气好，可挖到一尺长的，它生长在农田地头、平原和坡地。

初次接触甜根，是在表叔家。表叔是奶奶的亲娘家侄儿，

久远的味道

居住呼兰，和萧红是老乡。那时的呼兰和乡下相比，区别不大，除地方固有的小吃作坊外，也有一些特色馆子，挂着的幌子有讲究。表叔说："相传唐朝有个一亚真人，精通烹调，在都城长安开了一家酒店，有一天，唐太宗李世民微服私访，来到这里就餐，一亚真人做上几道菜，色、香、味、形俱佳，唐太宗吃完，龙颜大悦。回宫以后，派人钦赐镶着金边红飘带的四个大幌，悬挂在酒店门前，以示褒奖，后来，其他饭店效仿，都挂起幌子，一亚真人成为饭店行业祖师。"

幌由胶合板式金属圈成圆圈形，下面是彩色布条做的穗。上面三根绳子拴个环，便于早晚挂摘，也有一直悬挂的。清真挂蓝幌，普通饭店挂红幌，数量是饭店等级的标志，最多挂八个幌子。呼兰街道左侧挂红幌的馆子，门前店小二，穿着粗布褂子，腰系围裙，手拿一条白毛巾，陈旧得有些发黄，大声吆喝着招揽生意。

街道不宽，很热闹，挑担子、卖食物，是当地一种民俗。那是我第一次出远门，我们全家受表叔邀请参加大表哥婚礼，虽然路途不远，但看什么都新鲜。婚礼排场，表叔是文化人，

在当地小有名气，家里还算殷实。按地方习俗，新娘披红挂绿，
唢呐吹得山响，奏着欢快的曲子。宾朋满座，饮酒行令，谈笑
有鸿儒，往来无白丁。来者多为文人雅士，给乡俗的婚礼增添
了文化色彩。当晚家人返回，我与奶奶被表叔留下，多住几日。

　　我和小表哥、小表姐形影不离，小住几日后，表婶带我们
去挖甜根，出城走不远，就有大田。野草丛生的地头，挖野菜
的人很多，带着孩子的中年妇女，寻找着各自所需食物。表姐
告诉我，这些人都在找甜根，回家蒸熟就是一顿饭，好吃又能
填饱肚子。挖的人络绎不绝，好在田野广阔，数量多，挖不败。
我们避开人多的地方，又往前走好久，远离人群。表姐告诉我
什么是甜根，我观看良久，按着特征，挖到很多甜根，表婶夸
奖我聪明。现在回想，甜根和草虽相似，还是有区别，叶子不
同。表婶把挖回来的甜根除去顶端，水清洗干净，放蒸屉上蒸，
时间不长，取出冒着热气的甜根，让我品尝。我咬了一口，不
脆也不面，只有丝丝的甜，并没吃出鲜香类的诱人感觉。表婶
对我说，千万别低估甜根的价值，它救济了很多人，是一种功
勋野菜。我觉得新鲜，也有些不可思议，表婶家里不算困难，

久远的味道

但是孩子多，八个孩子，其中六个是男孩，吃饭如狼似虎，狂风卷落叶，因此表婶家需要经常挖些甜根补充粮食。在困难时期，甜根是人们的救命稻草，让很多人得以存活。

表婶把蒸熟的甜根凉透后，和在玉米面中，玉米面在当时属上等粮食，大铁锅里炖半锅白菜。表婶熟练地用手把糅入甜根的玉米饼，摔贴在锅边的中间。第一锅起锅，不够吃，第二锅贴几个白面玉米面混合锅贴，这是客饭，给奶奶和我吃的，我执意吃甜根玉米饼。甜根的伟大，让我敬佩，它能挽救困苦之人。

表婶家东邻西舍的小朋友，玩耍时手拿甜根，当作饭的主餐，边吃边玩。那种情景令人难以忘却。

前几年，我又来到呼兰城，旧地重游，心生诸多感慨。表叔、表婶故去，表哥、表弟各自成家。表姐带我去街上转，街道变化很大，高楼林立，商铺众多，物品五花八门，人头攒动，彰显出城市的规模。参观萧红纪念馆，里面陈设都是所熟悉的物件，同为北方人，生活习惯大体相同。

参观的人很多，来自全国各地，偶尔看到几个外籍人，拿着相机四处拍照。由于萧红，人们知道了呼兰城，也带动呼兰的经济发展。我去看呼兰河，这条有着传奇故事的河流。风搅动河水，水面泛起涟漪，似乎在感叹物是人非的悲凉。

回去途中，我问起甜根，表姐笑着说，这么多年了，你还记得它。现在已见不到了，周边都建上房子，野外离城很远了，很难见其踪影。随着城市发展，我没有机会再次品味甜根，但发生在呼兰城的故事，永远印在记忆中。

第二辑

小
吃

冰雪中的产物

冰冻是北方的符号，冻豆腐是寒冷的产物，北方严寒气候衍生的一道美食。豆腐的华丽变身给生活增添了韵味。

数九隆冬，寒流滚滚，皑皑白雪闪着清冷的光，无叶的树木，在北风袭击下，摇曳着身躯，顽强地挺立，发出呜咽的嘶吼声，河水僵硬，山体颤抖，大地被撕扯成道道缝隙。

这是天然的大冰箱，是豆腐转化冻豆腐的最佳季节，经过霜雪的洗礼，一块块冒着热气的豆腐，在寒气浸染下，发生质的变化，这是北方饮食文化的创新。

豆腐深受大家喜爱，美味方便，价格低廉，是离不开的配菜。一入冬，大街小巷卖豆腐的多了起来，"卖豆腐嘞，豆腐"，冲破沉寂，穿越晨雾，传到耳畔。

吆喝声此起彼伏，似唱着冬日的晨曲。清晨是一天中最低温度期，硬邦邦的地面，一片银色的光，豆腐小贩的脸挂着似雪的冰霜，为讨好买家，招揽生意，堆着虚假的笑。

　　一些小孩子端着盆或拿着盘子，猫着腰，缩着怀，嘴里呼出的白雾，在冷空气的作用下，凝固在面部，变成一个个小冰碴，人不自觉发出咝咝哈哈的冷冻声，这种奇冷是对毅力的挑战。

　　早晨，从暖暖的被窝钻出来，去拣豆腐，是孩子们最不情愿做的事情。

　　豆腐是常菜，我家几个大孩子轮流值班，排到谁不需提醒和吩咐，每个人自觉行动，每次都买很多，它是每天不可缺少的食物。鲜豆腐放进冷水盆中，冷水说白了就是冰水，可以保存几天时间，以此减少孩子们的痛苦。余下的摆在玉米秆编织的盖帘上，放在外面的酱缸上冷冻。

　　冻豆腐吃法多，素炒、香煎、红烧、凉拌、锅炖，都可做出上乘的佳肴，各有各的味道。家里贮存过冬蔬菜，白菜、土豆、大萝卜、腌制的酸菜、雪里蕻都是冻豆腐的最佳组合。人

久远的味道

们最感兴趣的还是吃火锅，布满蜂窝的冻豆腐在汤里走一遭，香浓的汁液浸满全身，吃一口豆香汤鲜。冻豆腐蜂窝大，是北方豆腐的显著特点，北方盛产大豆，质量好，蛋白质含量高，冻后结实多孔。卤水点的北豆腐弹性好，较粗糙，入口绵柔，容易入味；石膏点制的南豆腐较细腻，孔洞小。两者的味道也有不同，北豆腐更有豆香味，就是人们常说的豆腐味，因此冻豆腐首选北豆腐。

严冬季节，北方市场地摊上，卖杂鱼的多了起来，两头窄、中间宽的鱼篓装满各色小鱼，地上铺着破麻袋，上面摆满待售的鲜鱼，便于购买者挑选，最大的有两寸左右，寸半的很多。农闲时，农民利用这个季节在江川、河流用铁钎子在冰上凿冰窟窿，捞一些不知躲藏的小鱼，到集上出售，换些油盐钱，鱼很新鲜，价格低廉，深受人们青睐，碰到鱼种好的，买一盆，回家收拾干净，去掉内脏和冻豆腐一起冻起来，吃的时候，一起拿出来化冻。

冻豆腐不用挤掉水分，它所含的都是豆汁，把锅刷干净，放油，把解冻的小杂鱼放锅里两面煎，至微黄，放调料，大酱一定不能少，加水，把切成块状的冻豆腐放进锅里和鱼一起炖，就着二米饭，或高粱米饭，达到食品与味觉的高度共鸣。两者的碰撞给饮食文化增添多彩的一笔。

豆腐文化是祖先留下的宝贵遗产，是民族文化的重要部分，它的身份，既高端又大众。

冻豆腐是念念不忘的美食，富贵人家的冻豆腐炖肉，和贫穷人家的小葱拌豆腐，各有各的妙处。我们享受美食，是在品味其内在文化。冻豆腐顽强、包容、清白的精神一直被人们所赞颂，不管是富贵还是贫穷，结果是相同的，都是乐在其中。

寒风不停地肆虐，大雪隔三岔五地飘飞，家里的餐桌上，雪里蕻炖冻豆腐，所挥发的雾气缠绕在脸上，暖在心里。

思念，乡愁，回忆始于味觉，记忆却依然现实地存在。

北方烧烤

烧烤是特色菜肴，已成为全国的共性食物。去各地游玩，每一处都残留着油渍斑斑的烧烤痕迹，各地方式有所不同，吃法各异，相比，北方更胜一筹。北方人性格开朗、豪爽，似北方的高山峻岭，直率而大气，在烧烤的队伍里，因为吃得纯粹、喝得畅快，自然被推到烧烤大省的行列。烧烤在我国有着悠久的历史，据考古发现，北京周口店猿人在六十万年前，已吃烧烤熟的食物，中华民族人文始祖伏羲是第一个用火烤熟肉的人。到了现代，烧烤作为一道美食，已形成自身的特质。在吃的过程中，品咂着中华民族的文化，诗人杨静亭在《部门杂咏》赞美曰：

严冬烤肉味堪饕，大酒缸前围一遭。

　　火炙最宜生嗜嫩，雪天争的醉烧刀。

　　诗人描述的是冬天烤肉的情景，而今，烧烤变成常态，使烧烤又提升一个高度。不露声色的炭火，在炉火中发出烈焰。把肉用调料提前腌好，放在烤架上烤，油脂从肉的内部被炭火炙烤后，缓慢渗透出来，滴在燃烧的炉火中。火借油势，散发原汁原味的自然香气，烤比烧更鲜香，烧烤有烧必有烤。烧烤食材广泛，地上、地下、海洋、山林、田野，多种食物都可用来烧烤，透着个性化味道，深受人们追捧。在北方食客吃的范畴里，烧烤占有重要一笔。不计年龄，不分季节，习惯一句口头禅，"休息我们去吃烤肉吧"。春游或夏日野炊，带着焦炭和烤架，进行野外运动，在花草绿树掩映下，听潺潺流水声。此时炭火正旺，浓烟起处，香气穿越层层阻隔，四处飘散，鸟也被香气熏染，发出愉快叫声。年节家庭聚会，烧烤是家人唯一能达到全票通过的食物，节日集中一起，家里人多，必须准备两套烤架。除食材外，青椒、大蒜、圆葱都列入其中，配上芝麻盐、黑椒粉、烧烤汁、蒜末、孜然粉和稀释蘸料。

烤肉是祖先在饮食文化中体现出的聪明智慧，烤串香气，串起懵懂少年无尽回忆，以及老去的故事。烤串并不是吃几块烤熟的肉，而是和朋友、家人相聚的美好时候，谈生活、谈理想和少为人知的心事，那一声叹息，在信任的眼神中得到慰藉。几句真诚话语，体味着人生难得深意。

北方烤串，也称撸串。夏季临近周末，闷热的天气，性情相同、习性相近的哥们儿、闺密几个电话凑在一起。风送来凉意，红灰相间的炭火旁，一杯杯扎啤似轻风拂过水面，翻滚着白色浪花。腌制好的肉，在火的亲密下，泛着热气、闪着油泡，抽动人心的香气，拂面而来。

吃是人交谈中的辅助力量，调动味蕾神经的刹那，叩开心灵。在吃的过程中，进行灵魂的深度碰撞，溅出生命的火花。

难忘的虾酱

人到一定年龄，总爱重温过往的岁月。那种苦涩、那种甘甜，缠绕着心弦，似轻风吹起水的浮动，怀旧是驱之不去的念想。

老家的院子里，被父亲修剪的柳枝有棱有形，由绿到黄，由黄变绿。我深知和年岁已高的父母已是渐行渐远，不能常伴左右，这是身处异地的酸楚，只有味觉了解我多么思念家乡、思念着妈妈那一罐鲜美的虾酱。

母亲从小生活在渤海湾的一个小城，海中的生物是临海人家不可缺少的副食。那时没有人工污染源，鱼虾保留着原生的自然鲜香，姥姥过世后，十几岁的母亲步入成年人的行列，开始熟谙各种海产品的做法，尤其虾酱做得地道。

久远的味道

　　北方边城，海产品短缺，那时是公有制企业，卖衣服、床上用品的称为百货公司，副食品商店经营的是肉、蛋、鱼、蔬菜，进货都是大车拉着，黄瓜、韭菜、西红柿、大白菜……大家排队购买。虾酱很少看见，物资匮乏时期，人们更倾向于肉类，虾酱只是尝鲜，我家的虾酱都是姥家人带过来的。

　　黑龙江在人们心里，一直是严寒笼罩、山高路远，又有北大荒之称。这种印象来源于历史记载，黑龙江海林市有个宁古塔，是清代皇帝用来流放罪人的地方，其中多数是文字狱迫害者。当时的宁古塔人烟稀少，环境极其恶劣，流放到这里的人基本是九死一生。《甄嬛传》里的甄嬛父亲，就被流放在宁古塔。

　　姥家人常来看望妈妈，一些远房七大姑八大姨，来边城串门，所带礼物都是鱼虾，鲜的、干的，还有诱人的虾酱。回去时，带一些黑龙江山货和特产，诸如干菜、蘑菇、粉条、冬季的黏豆包。俗话说："三里不同风，五里不同俗。"地域辽阔，饮食习惯各有不同，姥家人常年吃海鲜，很觉乏味，对北方饮食非常喜爱。

　　母亲是一个善良人，每次都把礼物分送给邻居和亲友，她们对虾酱十分喜欢。煮干菜、萝卜片，拌菜、炒菜、炖菜都放虾酱提鲜，大楂子粥、焖高粱米饭，伴一碟虾酱，让人吃得神清气爽。再有几个白菜心，味道更厚重了，特别下饭。各位邻里也吃得上瘾，经常有人端着小盘子索要虾酱。

母亲给亲戚写信，嘱咐多带一些虾酱。每年秋天是虾肥味美的最佳时节，九月中旬，老舅家的大表哥和三表姐，带来很多虾酱。北方季节性强，九月份天气已凉爽，这个时间做的虾酱存放时间长，十月份大地呈现秋霜。到第二年五月中旬，天气逐渐变暖，六七月份带来的鲜虾，为了防止腐烂，里面放很多盐，这样的卤虾，做出的酱味受到一定影响，制作过程相对麻烦，存放时间短。

看母亲做虾酱极其简单，有三表姐帮忙做得很快。小白虾用清水洗净，放进干净容器中，放入食盐，用擀面杖轻捣，反复搅匀，封好口之后，每天重复捣一次。容器放到外面上罩，既需要阳光的热度，促进发酵，又避免直接照射。二十天左右，虾料自然发酵，形成虾酱。揭开容器那一刻，成熟的虾酱，呈现淡红色的酱液，很是动人。挥散出的鲜味，让人有种立即动嘴的冲动。

　　北方豆制品很多，这是地域饮食的特点，虾酱炖豆腐是难得的下酒菜，也是最佳下饭菜。玉米饼子小葱蘸虾酱，更是吃得翻江倒海。我每年享受着这幸福时光，从没想过自己做虾酱，总想跟母亲学。

　　几年过去了，虾酱是我过往岁月中的一簇光明，我很想延续妈妈制作虾酱的技术。我去了一次海边表姐家，了解虾酱的制作过程，这是对妈妈的纪念。

东北火锅

北方火锅时时勾着人的胃口，尤其身处异地的游子，每到飘雪的冬季都会想起火锅的滋味。我虽然工作在外地，家乡的火锅依然存在心中。

北方大雪纷飞，漫过屋宇，覆盖沃野。落雪成诗，似梨花飞谢，与雪相伴的寒风不友好。它温柔时，只觉麻酥酥的冷。它怒吼时，凛冽的寒芒，利刃一样滑过人的肌肤，严冬里的美丽和残酷并存，杨万里在《观雪》诗中写道：

坐看深来尺许强，偏于薄暮发寒光。

半空舞倦居然懒，一点风来特地忙。

落尽琼花天不惜，封它梅蕊玉无香。

倩谁细擞成汤饼，换却人间烟火肠。

诗表达出对雪的感悟，雪无声地掩盖梅花、海棠的奇香，却不知让谁来将雪煮就汤饼，涤荡满是人间烟火的肠胃。在诗人眼里，雪不仅仅是雪。

雪天里，我的感觉就是冷，无法形容的冷，下意识裹紧大衣，猫着腰，在溜滑的冰面路上行走，呈滑冰的姿势，否则分分钟砸向冰面。

老天在制造寒冷的同时，也赐给人们享受。火锅是冬天里的一把火，当你风三火四迈进家门槛那一刻，温馨的氛围，母亲忙厨的身影，飘浮的阵阵香气，心忽然暖了。北方的家庭会备用过冬食材，土豆、冻豆腐、粉条、干菜、大萝卜、干玉米……火锅食材贮备充足。母亲是一个节俭的人，菜园的果实是她的勤劳所得，从不浪费。吃余下的都要晒成干，冬天炖着吃或下火锅。干菜放火锅里煮，干鲜结合，形成独特味道。

每年秋季，云淡风轻，阳光热烈，民间有秋后晒米之说，也是晾晒秋菜的好时节，葫芦条、晚玉米、茄子，经过光的抚摸，变得干燥起来。玉米晒干须煮熟，做火锅，要重新放锅里煮一下，外貌如初，味道却更厚重。葫芦条经清水泡软，口感绵纯。除去牛羊肉之外，家里食料足以让火锅丰盛起来，在风雪交加的严冬傍晚，吃上热气腾腾的火锅，是人生一大满足。当肥白的萝卜、嫩黄的玉米、粉红的牛肉、翠绿的白菜，在锅中交相互动，沸腾的热气，似云雾缭绕，在窗子上行走，绘制出不同的窗花图案，拼凑出生活的艺术。室内室外，两个世界，这一刻只想感知家的温暖。风雪夜，一家人围坐炉旁，伴着香气，和这一锅人间烟火，尽享天伦之乐。

　　每次吃火锅，父母都会喝点当地高粱红，这是纯粮酿制的酒，度数不高，却有着浓烈的醇香，两者酒量都小，只是一小盅而已，这是父亲对我母亲的感激，她是出了名的贤妻良母，孝顺懂礼。这些年父亲工作忙，母亲上着班，还要承担相夫教子的责任。长大了，我们理解父亲独特的情感表达方式。

食 蚕

蚕蛹，是蚕吐丝做茧后，在茧中变成的蛹虫。蚕蛹是经济性昆虫，动物性蛋白的重要来源，具有较高的营养价值，是药食两用的绿色食品。

蚕体似漂亮的纺锤，分头、胸、腹三个身段。蚕从虫化成蛹的初始阶段，称为神仙蛹，身体呈淡绿色，营养味道均优于成蛹。随着时间，转变成为淡黄色、黄褐色、褐色。

蚕蛹在我国已有几千年历史，在商代甲骨文中就有桑、蚕、丝、帛等字样，《诗经》《左传》《礼仪》均有详细记载。夏代时，开始养殖家蚕，发明织绸工艺，形成蚕丝文化，对中原文化，以及东亚文化有着深刻的影响。

蚕蛹是平常美味，吃过的人，赞美的话会说个不停，因此得到一顶“蚕宝宝”的桂冠。

蚕蛹含极高的蛋白质、多种氨基酸、精氨酸，对心脑血管疾病、白细胞减少、高血压均有疗效。

蚕蛹，我只能远远观望而不能够接近，一直没胆量尝试。尤其是活的蚕蛹，肥胖的身躯，头尾晃动，摇摆的身姿，萌态十足，有着鲜活的生命特征，真不知从何吃起。

我后来吃蚕蛹，得益于我的同事李老师。她肤色白皙，戴一副中度近视镜，给人文质儒雅的印象。她非常青睐蚕蛹，对此，我很难理解，这样文弱知性的女子，不应该和蚕蛹联系在一起。同事们赞美她皮肤好，细腻有光泽，她居然说是蚕蛹带来的。

我想起曹植在《蚕赋》中，赞美鸣蝉品格正直。鸣蝉被人束缚，正想高飞，却越挣越紧，自知生命永远不在。它躲过很多天敌，但最大的天敌是厨师。

我看着李老师口中的蚕蛹，她吃得异常专注和兴奋，嘴里发出酥脆的咀嚼声。虽然残忍，但她的津津有味让我也想尝试，李老师看到我的表情，笑了笑，搛起一个说：“你把眼睛闭上，嘴张开。"我不情愿地照办了，一个蚕蛹放入口中，轻糯的脂肪，有着别样的香气。尝试后，我感觉到它的美味，连续吃几个。后来，她跟我讲了很多有关人类和食物的关系，从此，我与蚕蛹结缘。

最初，觉得新鲜，天天买一斤。按着李老师传授的经验，买回蚕蛹洗净，放温水中逐渐加热。待水沸后煮几分钟取出，放在菜板上，对半切开。锅里放油、花椒、葱花、蒜片，大火炒香，放入蚕蛹，反复翻炒，放盐关火。干湿适中，味道鲜香。

蚕蛹小插曲，让我感悟至深。对于一个事物，没有经历，不能妄下结论，抛开固执，才能看见真实的东西。

后来去丹东开会，正是食用蚕蛹季节。丹东位于辽东半岛，是鸭绿江与黄海的汇合处，是连接朝鲜半岛与我国的主要陆路通道。人称"一江碧水，两国风情，三面青山，四时迥异，景色优美"。特产海鲜、草莓、板栗、蚕蛹深受欢迎，开会结束后，本地朋友带我们参观农贸市场，里面货物繁多。我停留在蚕蛹摊前，一筐半脱壳的蛹，全身呈现浅绿色皮肤，一半缩在壳里，头部伸出壳外，似在观望外面的世界。它的可人憨态，令我实在不忍触碰它，最后选了几斤蛹，也不枉此行。想着美味在味蕾间炸裂的感受，不由感叹食品的丰富多彩，时时给人带来惊喜。

葫芦子

久病初愈后，我不顾医生叮嘱，思乡心切，急急地回到老家。已经两年多没踏上这块土地，心生激动。

休息几天，我与妹妹生丽、侄女再群相约到江边，买我爱吃的葫芦子鱼，从斜坡走上去，低飞的海鸥连成一片，似天空落下的云雾。几位老者看着鱼竿的动向，码头左边的房屋式建筑写着"民革党员之家"的字样，相邻的是水文码头。我问了一位老者，水文码头是做什么用的？他说是测量水流水量、涨潮落潮、水中所含物质和防汛。老者一再强调，他是公家人，以此证明身价。

放眼望去，江面平静，没有一丝波浪，几只打鱼的小船停泊江边。船舱的盆中装满胖头、船钉子和少量的葫芦子。江虾、葫芦子鱼很稀缺，去晚了影都看不到。买了几斤葫芦子，和渔民攀谈起来，他是一个中年汉子，靠打鱼为生。他说过去江鱼品种很多，素有三花、五罗、十八子的称谓，葫芦子是十八子其中的鱼名，地位和船钉子平起平坐。我想知道这些鱼的名字，他慢悠悠地说道，黑龙江粮食多、湖泊多、河流江川多，鱼的种类自然多。松花江、乌苏里江、牡丹江、嫩江都是有名的江，四大江里的水产丰盈，有很多珍贵鱼种，大马哈鱼人尽皆知。

黑龙江的几大名湖也是榜上有名，镜泊湖的红尾鱼，兴凯湖的大白鱼，还有连环湖、五大连池湖中的冷水鱼，更是名声响亮。其中绥芬河、漠河、霍林河，一些大小河流中鱼的种类繁多，也被人们所熟知，比如十八子，有鲢子、鲤子、鲫瓜子、老头子、七粒浮子、紫泥肚子、船钉子、葫芦子、华子、草根子、黄姑子、白漂子、麦穗子、红眼瞪子、岛子、嘎牙子、柳棍子、斑鳟子。五罗是五种鱼的名称，有法罗、胡罗、哲罗、牙罗和同罗。能被人们记住的鱼，都是味道鲜美、颇受喜爱的鱼种。我又问了一下三花的名称，渔民告诉我三花鱼，有鳊花、鳌花和吉花，这些鱼只是鱼种类中一部分。这次交谈让我大开眼界。我们拎着鱼，上车后我建议走江畔路，借此观赏松江的风光。车速很慢，防洪纪念塔出现在眼前，那与洪水搏斗的军民，那惊心动魄的场景，让人难忘。那时我很小，对此没有记忆，只是听长辈说过，了解了这段历史。

几斤葫芦子鱼，最大的只有几寸长，圆圆的身材，形似鲫鱼，比鲫鱼小很多。妹妹一条条清洗，一部分酱焖，余下的干煎。腌好的鱼，放上调料抓揉均匀。二十分钟后，盐渗透进鱼肉里，用纸擦干净鱼的水渍。蘸裹面粉，锅中放入植物油，油稍热，把鱼放入锅中，小火慢煎。鱼身变成棕黄色，拣到干净容器中。煎好的葫芦子，似一个个扁葫芦，鱼的鲜香弥漫。盛好一碗大楂子粥，热气腾腾，配着干煎的葫芦子，此饭在我心里已成诗，美食不可抗拒。

大蒜的诱惑

北方人吃蒜已成生活习惯，每餐饭桌上，必有剥好的大蒜，才感觉齐全了，这是不能少的一个细节。北方人把大蒜用得淋漓尽致，花样繁多。咸蒜、醋蒜、酱腌蒜、杂菜蒜、蒜茄子，各有其独特风味。每年大蒜收获季节，人们大量囤积。板杖子、屋外墙，挂满大蒜晾晒，似一年四季口粮，形成风景。

鲜蒜按所需口味，入缸入罐。最费工夫当数杂菜蒜，它的搭档有香菜、胡萝卜、大头菜，切成块状或条状，放盐腌渍几天取出，放进容器。青酱放锅煮沸放花椒、大料、少许植物油。浇到杂菜上，封好容器，饭前撺出一碟，味道十分鲜美，即便没有菜，也吃得香甜。蒜泥是食物重要调味品，从包子、饺子到鸡鸭鱼肉，大蒜如影随形，无处不在。

　　每年冬季来临，酸菜炖白肉派上用场，蒜泥也忙碌起来。跟随酸菜白肉，人们大饱口福，搛一片肉片，蘸一下浇入青酱的蒜泥，满嘴流香，那是人间至味。

　　捣蒜泥很有诀窍，蒜瓣洗净后，放入捣蒜缸，加少许食盐使蒜变软。捣碎的蒜泥成糊状，舀出前加一点水，激出蒜的辣度。这样的蒜泥吃起来别具风味，辣出高度，这是奶奶传授的经验，实践验证了祖训的重要。大蒜另一个用途，是人们常吃常思的蒜茄子。在老家，蒜茄子、渍酸菜、下大酱，是生活的三个重要曲目，缺一不成戏。

　　当秋色降临，寒霜满地，人们开始忙着腌蒜茄子。大集上茄子极为短缺。我家茄子来于自产，房前屋后小菜园栽种很多茄子，夏季用作蔬菜，没长大的小茄包是蒜茄子理想原料，越小越嫩，口感越好。

　　母亲说我做事认真，摘茄子成了我的专利。秋季菜园很荒凉，没有一丝绿，墙边葫芦秧也垂下高贵的头。地垄沟被吹落的黄叶星星点点地覆盖着，踩上去发出破碎声。一些小茄包，蜷缩在残存的黄叶下面，躲避着风寒，这是它们最后保护伞。

半天工夫，小茄包挤满柳条筐。

　　我手挎的柳条筐可算是老物件了，它用柳条编织而成。筐沿缝上了格子布，古朴而漂亮，随着时间打磨，筐体已变成棕红色。奶奶用了一辈子，传到母亲，愈显珍贵。

　　小茄包被我如珍宝一样采回家，无一漏网，装满一盆。按母亲吩咐，我们姐妹剥蒜，哥哥弟弟轮流捣蒜。每到这时，奶奶都给我们讲过去的故事，某某家的孩子大饼子夹蒜茄子，多吃了几张。谁家男人就着茄子喝了一斤白酒等，我们捧腹大笑中消除指甲被辣的痛苦。

　　母亲把洗净的小茄包，放入锅帘上蒸八分熟。凉透，把放进盐的蒜泥塞进茄肚中，一层层码在容器里。每一层都要撒上盐，淡了茄子会变酸，最后封好口。几天后，在大蒜作用下，茄子发生化学变化，生成另一种食物。这属于哲学范畴，也是食物本身的文化现象。

　　餐前用干净筷子搛出，切成条状，滴几滴香油和香菜调味，吃一口，香气宜人。大楂子粥配着蒜茄子，能多扒拉一碗饭。家里来客人没有应手菜，一盘花生米、一碟蒜茄子，吃得也很惬意。

　　大蒜与我相伴几十年，结婚成家后，一直不离左右。每年我都做一罐蒜茄子，吃起来别有风味，因为里面包含着家的味道和我童年的故事。

对"哈尔滨记忆"的印象

前年回老家，弟妹贾洁对我说，哈尔滨新建一座城市文化餐厅，菜肴非常有特点，几个特色菜要提前一天订。这挑起了我的兴致，欣然前往。

第二天接近中午，我和弟妹贾洁、妹妹生丽、侄女再群一行四人，来到位于哈尔滨道里区锦江东路的哈尔滨记忆餐厅。建筑很有特点，与周围的环境相比，醒目的门脸，采用欧式建筑风格，给人高贵奢华的视觉感受。

走进餐厅，跨年代古老的欧式气息，扑面而来，一些记录岁月的老物件进入眼帘，隐约感到迈进了民国时期。

左侧斜对面大门墙上，是以中东铁路为主题的大幅油画，一列火车车头上方，在夜色中吐着团团的白色雾气。中东铁路的火车站哈尔滨车站的影像列入其中，下面挂着车站的简介：1899年10月始建，原名"秦家岗站"，1903年7月14日，改称"哈尔滨站"。

别具情调的弯曲走廊，延伸的摩电电轨道。幽深走廊，暗光中给人一种朦胧感。墙上悬挂的老信箱，不知藏着多少悲欢离合，古老的手摇电话，又承载了多少红尘秘密。

大门右侧往里走，是奢华的法式西餐厅，西式菜系尽在其中。

民间艺人的倾情表演，勾起人无限兴致。捏糖人的身后摆放了众多的糖人模型，有人物、动物，栩栩如生。似乎进入了民国时期的十里洋场，这是欧式与复古相融合的历史沉淀。

有人说："对一座城市的了解，不是单凭一些有特点的事物，而是随着岁月更迭中我们成长的记忆。"中餐厅属中式菜系，锅包肉、灶台鱼、香煎血肠、八府香鸭，让人大饱口福。传统的菜肴，做出了与众不同的味道。

1885年清光绪年间，北京东城东华门大街有家真味居，店主名叫郑兴文。1907年，郑兴文从北京来哈尔滨出任滨江关道膳长，为适应官员外交宴客的需要，逐步形成了以中西合璧、南北交融为特点的菜系，创作出锅包肉等名菜。

锅包肉是由咸鲜口味的焦炒肉片改良而成的甜酸口味的菜肴，为了区别两种菜肴，郑兴文按着烹调方法，称它为锅爆肉。俄罗斯人每次来道台府，都要点锅爆肉。点菜时，对锅爆肉的"爆"字发不准音，读成包了，久而久之，就被叫成锅包肉了。

在文化主题餐厅吃锅爆肉，独特的味觉、感受让人难以忘记。文化主题餐厅，梦幻般地穿越历史和现代。品美食，重温过去的岁月。

蜜蜂的精神

棋盘山，位于市区东北部，距市中心只有十七公里。它属辉山系长白山支脉，景区内山清，水秀，林密，石奇。春绿夏花，秋枫冬雪，一年四季景色宜人。

我所在工厂坐落在棋盘山脚下，夏日，凉风习习，从车间穿过，似天然空调，带给人周身的清爽。走出大门，绿树环绕，抬头见山，林间鲜花野草，竟相生长，俨然一个大花园。

中午休息，我们结常伴去林中散步，采一些野花，装点办公场所。来自各地养蜂人，头戴防护帽，下面是防护网，预防蜜蜂蜇人。在林中空地支起帐篷，外面摆放着一排排蜂箱。结成团的蜜蜂，在蜂王带领下，选择蜜源地采蜜，它们发出嗡嗡声，很有震慑力。我们心生胆怯，相隔远远的，生怕被它蜇伤。

每到花季，我们都和这位养蜂人不期而遇，彼此很熟络，经常给他一些食堂的菜饭。交谈中了解到，养蜂人姓赵，我们称他为赵师傅。他家里有一双儿女，正在念书，大儿子考上中专，小女儿在读初中。上有一个八十多岁老母，由他妻子照顾，为了生计，风餐露宿。他的外表看起来，要比实际年大很多，黝黑的脸，饱经沧桑。带着侄儿四处奔走，哪有花期就到哪里，他是家里唯一劳动力，妻子只能种种田园，收入甚微。他满足现在状况，说科技发展了，可以用手机互报平安，过去打长途电话贵，也没机会打。我同情他的不易，每次都买很多蜂蜜，塑料桶装，回家倒入玻璃容器中，年年买几桶，同事笑我说，打白开水一样。除自家吃外，其余送人，是人见人爱的礼物。这是纯天然营养蜜，没有任何添加成分，在商场超市很难买到。

据介绍，蜂蜜是从花的蜜腺中，采集的分泌物，经过酿造，贮藏在蜂巢内的甜性物质。历代被宫廷所重视并有效利用，先民们从识蜜到吃蜜，形成蜂蜜文化。

交谈中，我们问了许多不懂的问题，他向我们讲起蜂王和工蜂的生命历程。蜂王最长寿命只有五六年，很多都是人工淘汰，而工蜂长时间劳作，只能活三十五天，最长也是三个月。蜜蜂甘于奉献的精神，让我深受感动，唐代文学家罗隐，写过一首咏《蜂》诗：

　　不论平地与山尖，无限风光尽被占。

　　采得百花成蜜后，为谁辛苦为谁甜？

　　诗赞扬了蜜蜂为人类造福的精神。我习惯用蜂蜜做美食，吃法不拘一格，周日，我做了蜂蜜的午餐。其中，蜂蜜烤鸡翅，过程不复杂，把鸡翅洗净，置于容器中。放少许植物油，加生抽、蚝油、姜丝、香叶、胡椒粉，浸泡两小时，让味道渗入鸡翅中，入烤箱烘烤。待两面微黄，用毛刷在鸡翅两面涂蜂蜜，烤一分钟取出食用。

　　蜂蜜芝麻花卷，把面粉放入盆中，水冲开发酵粉，面粉发酵一个小时。剂子擀平，薄厚均匀。蜂蜜涂满面饼上，撒上芝麻，从上往下卷起面饼，再揪成小剂子。左右抻长，双手反扣在一起，出现花的形态。

此外，还有蜂蜜排骨、蜂蜜沙拉、晓墨还调了几杯蜂蜜柠檬水。

　　饭前，我郑重地铺上橙色餐布，拿出精美的器皿。晓墨笑着说，好有仪式感。就这个话题，我们谈到了电影《蒂凡尼的早餐》，赫本身着礼服，装扮精致庄严，优雅地享受早餐的愉悦。她甚至把每个清晨、每个生活细节，连同她用的咖啡面包等同一场盛宴。

　　注重仪式感，是对生活的尊重，是重视生命的质量。日本人气作家村上春树说："如果没有这种小确幸，人生不过是干巴巴的沙漠而已。"

　　我国是礼仪之邦，礼仪是社会、家庭不可缺少的重要元素，我这种仪式感是出于对蜜蜂的尊重。

　　我选的橙色桌布，也是提升人食欲的颜色。它能调动人的内在情绪，增加自身能量，以此慰藉心灵。

　　日本作家山里三津子的"吸收各色食物不可思议能量的烹饪法"，着重强调颜色对人的影响，及颜色具有的能量。她把多种颜色进行剖析，运用色彩刺激人的食欲，这些都是我们饮食中不可或缺的生活元素。吃得与众不同，诸多美味与我于生命中相遇，它们固有的文化陶冶着我的身心，是我今生难忘的遇见。

虾皮的性格

现代医学的发展，令饮食更为规范化，养生健康是茶余饭后的谈资。由高脂肪转向高蛋白，选择科学的膳食，绿色、素餐成为人们的追求，素食作为一种文化，在每个家庭悄然兴起。

虾是公认的低脂食品，食者数量一路飙升。鱼香四溢，虾肥味美，成了大众口味。与之相比，虾皮淡出了人们的视线。但它似深藏地下的乌金，暗自发着光，并谦虚地弓着腰，瘦骨嶙峋的干瘪身材，却凝聚着超大能量，可以参与各类食物的组合。

我对虾皮的喜爱不逊于其他美味，经常把它当作零食，吃起来很上瘾。抓一些放在手心里，品味个中鲜咸味道，经常使我忘记咸，我认为咸中有味，这是虾皮的性格。写作业、读小

说，虾皮是我消磨时光的伴侣，母亲提醒我，吃多了咳嗽。我
吃得再多，却从来没有咳嗽的记忆，虾皮似为我而生，此物，
我非常受用。

那一年，秋风刮起了落叶，在空中飘荡着，起起落落，最
后堆在老树的根部。天空呈现灰色调子，影响着人的情绪。舅
舅捎信说，要来北方看望母亲。听到这个喜讯，她激动得脸庞
泛着红，一扫秋的凄凉，我们读不懂母亲的心情，嚷嚷着要舅
舅带虾皮。北方寒冷，黑土地缺少海水的影子，海产品很稀缺。
平日接触的都是白菜、土豆、咸菜，根本谈不上吃虾皮，虾皮
都是父亲外出开会带回来的。舅舅居住在离海很近的小城，几
公里外可看到海。母亲和舅舅太久没见面了，远嫁后只回两次
娘家，第一次是婚后，第二次是哥哥一周岁时。

奶奶年事已高，身体多病，需要人照顾，我们年龄都小，
爸爸又在外地工作，更走不开。晚上，经常看到母亲坐在院里
的小凳上，望着夜空发呆，她的思绪已随星辰飞到了故乡，带
着浓浓的思乡情。母亲期盼我们长大，后来，我工作、生活在
外地，逐渐也有了抹不去的乡愁、思念之苦。这时候，我终于

理解母亲那时的心情。

　　舅舅进门的那一刻，母亲流出泪水，说不出一句话，眼泪代替了一切。舅舅带来的大包小包，塞满虾皮、虾干，我们高兴到了极点。

　　听母亲说，家乡的海蓝得动人，清澈透明，小鱼小虾随处可见。踩在沙滩上，细沙亲吻着，不见一丝的粗糙。占着临海的优势，虾皮、虾干都是自己晾晒。渔民出海，五天回归，一船收获的海物，买一大盆毛虾和大虾，做虾皮、虾干。新鲜的虾剪去虾须和触角，用清水洗净控水，放锅里加水，加入食盐煮熟。把虾捞入筐篓中，水分沥干后，平铺在帘上晒干。晾晒时翻动，直到干透为止。毛虾晒干后，身材变小，皮薄而轻。听妈妈讲，海边人很少有身体缺钙的现象，虾皮就是钙质的重要来源，并有钙质加工厂之称。医学杂志介绍虾皮对人体的作用，"它的蛋白质含量超出鱼、牛肉、鸡肉等，花青素和钙质极为丰富"。

　　我家食谱中，一直有虾皮的大名。女儿晓墨和我的习惯相似，喜欢生吃虾皮。买虾皮有很大学问，虾皮色泽决定质量，有红色和琥珀色，鲜虾呈白色，没有刺鼻的化学气味。虾皮在生活中有很多吃法：熬汤、做馅、凉拌、做菜等。晓墨建议做素馅包子、素馅水饺。

白菜馅包子是晓墨首选，绿色小白菜，去掉杂叶和根部。掰下的绿叶，清水洗净后，放入盆中入盐，抓揉至出水，攥一下，别攥太干。粉条放锅里煮软，捞出剁碎。虾皮过水，油放锅里烧热，倒入盆中待凉。放入调料，馅入盆中浇入生抽、五香粉、香油、蚝油、植物油，拌均匀。发酵好的面，放到面板上揉匀。揪成小剂子，擀成面皮状，上面多放馅，上屉蒸。特点香而不腻，清新淡雅，吃一口，清香在口中流转。晓墨说：家里做出来的食物，有温馨感觉，有久违的安心，这才是家的味道。

有人说："中国饮食是一种广视野、深层次、多角度、高品位的悠久区域文化。"这句话，给我很深启发，各地区都有代表性食物。虾皮是饮食文化中的组成部分，它带给人美味和健康。

豆面卷子引发的思考

我出生在富饶的北方，地大物博，集天地之灵气、万物之精华，为美食奠定了先决条件。厨刀画上动人的美食图画，带来诗意人生，他们是诗人，更是合格的画家。

写美食不是沽名钓誉，社会发展让几十年老味道日渐消失。为了快要忘却的记忆，我有必要把它们阐述出来。

大黄米，也称黏米，是黑龙江特产之一，更是人们喜爱的食物。每逢年节，它和冻饺子、冻馒头都在年货储备之列。大黄米用途广，做出的美食种类多。除豆包、黏饼、黏米饭、黏糕、酸菜外，黏米豆面卷子也毫不逊色，更有一番滋味，让人难以忘怀。

每次做黏食，家家都会留一些发酵好的黏米面，做豆面卷子用。那时家庭用的厨具都是大号铁锅，家里人口多，这种锅省却很多时间。家庭条件稍好的用大块煤生火，次之用木头或玉米秆点火，前者更省劲一些。我对美食具有天生的爱好，喜欢观看制作美食，更享受吃的兴奋。

首先是配料，把选好的豆粒用小火炒成微黄，放容器冷却后，置于面板上。用擀面杖擀成豆面，去掉豆皮，用细箩把豆面筛出来。去掉的豆皮也用磨面机磨好，装在袋子里长年备用。然后把黏米面做成馒头形状，放在锅屉中用中大火蒸，时间在二十至三十分钟，视黏馒头大小定时间。蒸好后，待温热，放在面板上，用擀面杖擀成大饼。备好的黄豆面，一层层均匀撒在折起的黏饼上。然后把饼打开，卷成圆筒形，用刀横切，或倾斜着切出食用的类型。切好后用筷子在豆面卷子中间压成凹槽形，装盘上撒一层白糖，或者家做糖稀。淡淡的香气溢满全屋，游走空间，吃一口唇齿留香，胜却人间无数。

据记载，清代宫廷饮食沿袭满汉习俗，主食以面食、黏食为主。"打糕穆丹条子"是满族祭祀必备的传统食物，用江米或黏米打成糕，蘸黄豆面搓成条状，放油锅炸透。刀切小段，撒上熟黄豆粉，即可食用。

　　这种食物和北方豆面卷相近，都是人们心目中占据一席之地的食物。北方地域的美食，似百川融入江河，每一道美食材，包括美食本身都有其历史渊源，蕴含着厚重广博的文化知识。先人们的智慧成为人类的生活宝典，取之不尽，用之不绝。

　　记忆中的豆面卷子已难觅踪迹，每当想起它，特有的味道依稀如故。

那年的大雪

一阵风，卷起地上的雪粒扑来，逼得人喘不过气来。整座城市下满雪，雪下得又大又密，天空和大地连在一起。寒冷如同燃烧的汽油，路人急切地奔走，急于回到家中找一团热气。

我走过积雪覆盖的胡同，积雪在脚下发出咯吱咯吱的声音。裹着一身寒气，推开家的房门，热气扑来，我不禁打了个冷战。

我看到妈妈在做饭，酸菜丝切得均匀。锅里煮的五花肉，在沸水中翻滚，飘出一阵香味。妈妈扶着我的肩头说，外面冰天雪地，冻坏老姑娘了，快上炕暖暖。

冷热的温度差，令脸一阵发烧。上炕后，我用被子包好冰冷的脚，搬过一摞连环画，拿出《小英雄雨来》，看没有读完的部分。

当时，小人书是儿时重要的读物，那个年代是连环画的繁荣时期。《小兵张嘎》《鸡毛信》《小英雄雨来》等一些连环画，我都十分喜爱。

据史料记载，连环画在宋朝印刷术普及后成型。由于叙述的故事以及刻画的人物是连续的图画，是老少喜爱的通俗读物。从 1920 年开始，连环画大多是 64 开本。上海世界书店陆续出版的《水浒》《三国演义》《封神榜》《岳飞传》等，题名上有连环图画，这是第一次用连环图画作为名称，这一叫法直到 20 世纪 50 年代，后改为连环画。

那时很少有别的娱乐活动，小人书拿在手上，就舍不得放手，它也是同学、小朋友之间友谊的传递。东北的冬天漫长，天气变化无常，一场大雪刚停，接着就起大风。扫雪是孩子们的事情，好朋友互相帮着清雪。作为回报，把自己喜欢的小人书，借他看一天。小人书给我的童年带来了欢乐，儿时阅读的记忆，至今想起，仍然激动不已。

寒风浸透的身体，在热屋子里缓过劲来，看着小人书的故事、精彩的画面，被雨来的英雄行为感动。外屋地传来锅碗瓢盆的响声，肚子里一阵叫声，饥饿钻了出来。肉炖酸菜的香气挤进来，更加刺激味觉，想起即将入口的酸菜汤，咽了一下口水。

酸菜由白菜发酵变酸，古人称为菹，在《周礼》中有所介绍。北魏的《齐民要术》详细介绍白菜腌制酸菜的多种方法。另据《菽园杂记》载，明朝初期，酸菜已盛行于燕，可见历史悠久。

酸菜种类很多，有东北酸菜、四川酸菜、云南富源酸菜等，同叫酸菜，品种、味道和做法各有不同，我是北方人，还是喜爱北方的酸菜。

腌制酸菜有多道工序，先把白菜老帮子去掉，清洗干净，入开水锅中烫一下，捞出在大盆里待凉，然后按顺序摆放在缸中。每层撒上食盐，第二天加水，水面没过白菜。上面压一块石头，不能太小，因为要靠石头的重量，盐杀出白菜中的水分，腌制三十天，这是熟腌。第二种方法，处理好的白菜，直接摆缸里，按层次撒好盐，开水倒进缸里，这叫生腌。生腌和熟腌基本相同，只是生腌不需要水烫，清水洗净即可。它们的主要区别在于，熟腌容易发酵，酸得快些，生腌则酸得慢些。腌酸菜需注意，白菜接触的器皿一定要清洗干净，不能沾上油，否则易腐烂，这是老辈人总结的经验。

酸菜的香气，主要是植物酵素，它将白菜中的植物糖分解，转化成有机酸，使酸菜变酸香。腌的酸菜有香气，速成酸菜达不到这种味道。酸菜是世界上三大酱腌菜之一，含有多种维生素、植物酵素等人体需要的营养成分。

酸菜心是最里层的嫩叶，黄白相间，酸香浓郁。孩子们喜生食，大人切酸菜，孩子围在身边，等着吃个酸菜心。成人也有用生酸菜搭配大葱、一碟辣椒酱当下酒菜。酸菜炖豆腐和粉条都是家常菜，酸菜炖土豆，土豆外硬里软。

小人书看了一半，妈妈在上屋喊，准备吃饭了。哥哥支起地桌，家里人口多，炕桌坐不下，爸爸请会木工活的堂叔，做了个折叠式的地桌，用时支起来，不占房间位置。

妈妈端了一盆酸菜汤，这是一个白色瓷盆，盆沿是蓝边，盆外中间开了几朵小花。瓷盆盆沿碰掉了一块漆，丝毫不影响它的美。这是姐姐不小心把盆碰到锅上磕掉的漆，妈妈反复擦拭，非常心疼。妈妈和瓷盆相处十几年，产生特殊的情感，如今这种瓷盆很少见了。

瓷盆盛满酸菜汤，五花肉和土豆粉条挤在汤中，油星漂浮在汤上面。屋子里弥漫着酸菜炖肉的香气，这时吃一碗高粱米饭，真是让人快乐的事情。

炖酸菜是记忆中的味道，随着时光的推移，更加深对它的怀念。

在后来的生活中，每逢冬天，我都会想起那年冬日的大雪，和那盆美味的酸菜汤。

马迭尔冰棍

当你走进中央大街，脚下是经过岁月打磨、由长方石连接的石头路，历经时光的清洗，依旧光洁闪亮，缝隙中藏匿着太多的故事。

这是一座中西方文化交融的现代化古城，称它"现代化"，是因为它的经济、文化、政治、金融等，综合能力属于国家前列。说它是"古城"，更是有据可依，在远古松花江流域生活着十几个少数民族，他们以打鱼、狩猎为生，积淀了厚重的文化，也是北魏、辽、金重要发祥地。努尔哈赤以松花江为基础，建立了大清王朝。

随着大批异域侨民进入哈尔滨，带来了西方的文化。道路两旁一些欧式建筑见证哈尔滨的异域风情，高贵而独特，文艺

久远的味道

复兴的元素、巴洛克的影子糅入多种浪漫情调的艺术风格，成其建筑中的灵魂。

冰城的寒冷，形成北方人豪爽和不屈的性格。冰雪大世界的创建体现北方人的智慧和精神。

冰雪大世界建在松花江公路大桥江北下桥处，当地人称为江北。走进园区，似进入琼枝玉阁的仙境，冷气缭绕，华灯璀璨，这里汇聚具有代表性的各种冰雕造型，俨然一座冰雪王国，向世界展示了一张无与伦比的白色名片。北方人的勤劳智慧，把坚冰掌握在股掌之中，创造了让国人、世界震惊的冰雕艺术。而《马迭尔旅馆的枪声》的电影情结，更让人们加深了对这座城市的印象，电视剧《悬崖》也是以其为拍摄背景。

当你来到中央大街，你能看到，无论是走路、看手机，或朋友并肩聊天，每个人手里都不缺少那奶黄色的马迭尔冰棍，冰城人对马迭尔冰棍的喜爱，让人震惊。

马迭尔冰棍经过历史穿梭，行走在时间的轨道上，记忆没有随着时间而忘记，而是更加深刻。它优良的品质、独特的味道深受人们喜爱。马迭尔冰棍本着朴实见真谛、简单就是美的经营理念，不做奢华的装饰和过度宣传，而在产品的口感、食材和质量上下功夫，做到独一无二，吃一口奶香浓厚，甘甜如饴，入口即化。

马迭尔冰棍是由俄籍犹太人开斯普于 1906 年在哈尔滨创立的，很快被人们熟知并接受。每年回哈尔滨，我都一直吃到走为止，带着冰棍的余香和故乡的阳光，为了这口念想，不管刮风下雨，酷暑严冬。马迭尔冰棍的售货点总是人流如潮，大家有序地排着队，没有一丝的杂乱。雾雨蒙蒙，并没有打湿人的心情，而是我心依旧。尤其在北方的严冬，人们嘴里发出咝哈的寒冷声，脚下不自觉地撞击着石头路面，活动双脚取暖，但没有人放弃这一口，我曾经加入到这个行列。

年前，家人都事先提醒，买几盒马迭尔冰棍，饭后吃，每次都多准备几盒，担心放假买不到。马迭尔冰棍百年来用它自身的魅力，在人们心中扎下了根。那是人们离不开的味觉享受，想到马迭尔冰棍，人们就会想起哈尔滨，想起下雪的冬天，想起冰雪大世界，王佳宁有一首歌这样写道：

有一个地方，在你没去过的远方，远方。

我很喜欢那里，尽管有一些荒凉。

我会将那里的故事，讲给我喜欢的姑娘。

这里下雪很美，这里很漂亮。

我也和他一样，背着行囊，离开故乡，

我弄丢了吉他，也迷失了方向。

现在有点想念啊，是那个出生的地方。

嵩山路旁，黄河路上。

哈尔滨的冬天下一场雪，照亮哈尔滨的夜。

下出了那些对我遗忘的誓言，

哈尔滨的冬天下场雪覆盖了挥之不去的昨天……

久远的味道

初秋时节，我随家人到乡下探亲，由于在外地工作，每次回家往返匆忙，很少有时间来乡下。

那是一个晴朗的日子，天空高远，展现一派纯净的蓝，柔软的云，拥挤成白色的小山。乡路旁一丛丛小花，迎着秋阳盛开，田野是铺开的彩色画布，红高粱、黄谷穗争奇斗艳，美不胜收。与之比美的是甜菜地，在清风的吹拂下，卷起绿色的波浪，一潮潮地涌动。

我很好奇，很想看甜菜真实的模样。甜菜是二年生草本，根呈圆锥状，肉质多汁，茎直立，多少有分枝。甜菜在我国早有种植，古人称为莙荙或䓤菜。直到清代末年，我国从欧洲引进甜菜品种，在北方种植。北方的甜菜，俗称甜菜疙瘩，是生产白糖的原料，属一年生草本植物。每年五月份播种，采用刨坑种植，甜菜的生长期一般在五个月左右，十月份之前成熟。

甜菜的用处多而奇妙，它可作糖，又能用作食物。把甜菜洗净去老皮，切成细丝，和在玉米面中，做成混合的馒头。甜菜的清甜，和玉米面香融在一起，形成独特的鲜香。

那时白糖十分紧俏，很多家庭都用糖稀代替白糖。糖稀的制作过程不复杂，将去顶的甜菜疙瘩切丝，倒入加水的锅中，甜菜和水的比例对半，用慢火熬至甜菜成渣捞出，放进准备好的纱布袋中并扎口，把残渣内的糖水挤压出来，放入锅中，与原浆水一起烧沸，火不能太旺，拿勺子不停搅动，以免结块煳锅。随着水分蒸发，糖浆水变稠成糊状，颜色变浅褐色，糖稀熬制成功。

自做的糖稀可以蘸馒头。黏豆包蘸糖稀，馋得连口水都要滴下来。卷在花卷里，吃起来满嘴是糖香味。

过去贫困的年代里，糖块对于孩子是奢侈品，我们兄妹几人，缠着妈妈要糖块，说谁家的孩子有糖块吃。为了满足我们的需求，妈妈用一天的时间，采用土办法做糖块，我们围在一边观望，赶都赶不走。白面粉在锅里慢火炒熟，加一些芝麻，或花生等果仁，放进适量的糖稀搅拌，然后取出，放在涂了熟油的铁盘上切成块。那时有专用的糖纸，五花十色、品种繁多，把切好冷却的成品糖包好，就是喜欢的糖块。妈妈用围裙擦干手，分成五小袋，妈妈的糖渗透着爱，让我们甜到了骨子里。

甜菜疙瘩浑身是宝，北方人把其发挥到极致。甜菜叶，俗称甜菜缨子，是人们喜食的菜肴。北方气候相对寒冷，那时蔬菜储备条件差，常见的是一些白菜、土豆和萝卜这些易于保存的菜，新鲜蔬菜很少，且品种单一，甜菜叶可以作为补充蔬菜。

每年的八月中旬至八月末，是甜菜叶成熟期，也是最佳采摘期。人们挑选叶片肥厚的鲜叶，采摘洗净以后，开水焯一下，控干水分。用细线绳穿起来，挂在院里的板仗子上，晾晒吹干。有的人家将甜菜根劈开两半，挂在院中晾衣服的铁丝上，晒干后编成辫，放在阴凉处保存，以备冬季食用。

漫长的冬天，寒风呼啸，东北人大多的时间待在屋子中，熬一锅苞米糙子粥，要么做高粱米饭，甜菜叶可作下饭小咸菜。开水焯一下干甜菜叶，切成小段，配一碗肉丝炸酱、一碟大葱，几种食物组合在一起。诱人的口味，使食欲大增。

每一个到来的冬天，甜菜叶占据着重要位置，成为冬天不可缺少的食物。随着新的制糖业南移，北方种植甜菜减少，偶尔有极少的农户栽种，产量减少，但它在人们心中的喜爱程度不减，于是自身价值在飙升。

去年回老家，又到乡下走一趟。喜欢当地的农贸市场，具体想买什么，没有明确目标。这个市场地处乡镇交会处，二手贩子不多，大部分是农民自产自销。从市场东头走到西头，菜农大声吆喝，看着各类蔬菜新鲜诱人。我只是闲逛，走到市场的边缘时，发现一位卖甜菜的老人，看上去有七十多岁，头发花白，气色不错，身体硬朗。老人手拿着晒好的甜菜叶，嘴里喊着"快来看看稀罕物"。

老人手拿的甜菜叶，立刻吸引了我，真是现在少有的干菜。忙问价格，老人说三十多元，比猪肉还贵。我忽然觉得，每次来市场的目的，其实都是在寻找甜菜叶这种久远的味道。

老人看我犹豫，误以为嫌贵，赶忙低声说，我只种了一点，这么多年，就爱吃这口。说完以后，老人又加重语气，十里八村就我种了一点。我明白老人的意思，对老人说，这些甜菜全包圆。老人听后很高兴，一脸笑意，既卖完菜挣到钱，又能快些回家。

回到家里，邀请几个老友相聚，见识一下稀罕物，朋友们看着甜菜叶，不理解我的意图。餐桌上还摆着高粱米饭，空气中弥漫着米香味。一盘切成丝的大葱，一碗肉丝炸酱，几种不同色泽的菜，味道不同，都给大家带来美好的食欲。

零食替代品

我的朋友李永清，送给我几瓶麻籽油品尝。

麻籽在我味蕾有记忆痕迹，我曾经与它相识，麻籽油还是第一次领略。时光倒退到三十年前，我那时还是孩童，受亲戚邀请，经常和奶奶东奔西走，不是住在绿荫幽深的山间小院，就是客居袅袅炊烟的农家茅舍，哪种环境对我来说都有玩耍的极大空间。

二表姑家很贫穷，几间草房很陈旧，屋里几样简单红木家具，是祖上留下来的老古董，擦拭得一尘不染。房前屋后的菜园子，农作物栽种很齐全，满足家用外，还有剩余，拿到市场上换点零用钱。

菜园的东南角，结满顶花带刺的嫩黄瓜，相毗邻的西红柿红绿相映，这是我最喜欢的蔬菜。每天清晨，我都兴致勃勃跑到小菜园摘几根黄瓜。经过一夜的休眠，走进菜园，蔬菜的清香扑鼻而来，我适时做一下深呼吸。那是充满绿色的年代，大地保持着原生自然状态，不见一丝的化学污染。

在二表姑家的日子，每天都能吃到黄瓜蘸大酱，配着水饭。瓜香和酱香让我吃得十分起劲，每次回家体重都长几斤。

表姐表弟们是不允许吃的，这两种蔬菜是解决油盐酱醋的唯一途径。他们喝着玉米糊糊，一盘芥菜咸菜，外加小葱蘸大酱。他们吃饭的吮吸声，似清晨乐曲，感染着我，这种苦中有乐的生活给我留下深刻记忆。

二表姑家十二个孩子，九个男孩，三个女孩，我去了几次才分清他们的名字。乡下小孩子聚一起玩耍，衣服兜里都装着一些零食，炒爆米花、炒黄豆之类的。表姑家孩子没有零食，小表弟年纪小，自控力差。向玩伴要一把炒黄豆，被邻居小孩拒绝，小表弟大哭起来。表姑知道了这件事，教育表弟：人家不给，自然有不给的道理。人穷不能志短，做任何事情都不要丢失人的尊严。

　　表姑思忖良久，用麻籽炒熟代替零食。亚麻有两种，一种线麻长得高，接近两米左右，上面结麻籽，可做麻籽油。一种浸麻，用来捆绑作物的麻绳。线麻用刀把上面杈都修掉，留一个杆，捆成捆，绑两道绳放水里，在河边挖成泡麻池沤麻，上面放重物压住沤二十天左右，要根据水温度，温度较低，可多泡几天。沤好后，一个人拽麻，一个人拉麻，然后把麻一把把挂起来，晾干成麻。用时拿棒子砸，搓编绳，纳鞋底，做千层底布鞋就用这种麻。炒麻籽类似炒黄豆，我和表弟们一起吃。第一次吃这种零食觉得新鲜，城市根本见不到，麻籽美味，也有弊病，只能少量服用，吃多了头会很晕。但对于家庭困难的孩子，已经是一种奢侈，我很喜欢麻籽的味道，吃到嘴里，舌尖有特殊感受，与牙齿碰撞，发出酥脆声。世界上的事物都是物以稀为贵，每次吃麻籽，表弟们都是一脸的兴奋，吃得很满足，能经常吃到炒麻籽，是件幸运的事。

　　每次炒麻籽，表姑都分给我很多，表弟们每人一小份。他们小心翼翼捧着碗，生怕撒掉一粒。奶奶看我分到一大份，用眼睛示意我少要一些，但小孩子不懂这眼色里的深意，凑热闹的乐趣非常强烈。

麻籽的味道不逊于黄豆、爆米花，不久，孩子们掀起一股麻籽热，类似于现在年轻人的跟风。回到家，母亲知道了这件事，给我讲了个中的道理，我方知自己做错了。

以后去二表姑家，我都会带很多城市孩子经常吃的零食，诸如糖果、花生豆、饼干、果干和罐头等，表弟们笑不拢嘴。长大后，我了解父母经常送我去乡下的深意，给成长注入肯吃苦的精神，让我懂得一定要珍惜拥有，这是我一生难忘的童年经历。

有些往事不会随着时间而忘记，无意间打开记忆门，你的心久久难于平静。

丸 子

　　最开心的事情是母亲给我们炸丸子，这是慢工夫，既耗时，又费油，不是轻易能吃到。丸子有肉丸子和素丸子，当时生活困难，肉丸子很难吃到，素丸子已觉奢侈。

　　素丸子是传统小吃，表皮脆爽，鲜香可口，很多蔬菜搭配都可做出如意美味。诸如豆腐、藕、香菇、胡萝卜、香菜、旱萝卜、竹笋、金针菇、小白菜、土豆、青椒、木耳等众多食材都可做成素丸子。蔬菜不同，味道有所不同，按个人口味选择。鱼肉、鸡肉、猪肉则是做肉丸子的上好食材。

　　人们都喜欢胡萝卜素丸子，做法很简单。胡萝卜洗净，用刀刮去外皮，用擦板擦成细丝，锅里水浇开。将胡萝卜、小白菜各自焯水，捞出，用纱布挤干水分。大葱切成末与菜混合下入面粉，鸡蛋、调料，均匀搅拌。左手轻提面糊，从食指、拇指间挤出，下到七八分热的锅里，炸至金黄捞出，口感叫绝。

美食家梁实秋先生论炸丸子说道："我想没有不爱吃炸丸子的，尤其是小孩，我小的时候，根本不懂什么五臭八珍，只知道小炸丸子最为可口，肉剁得松松细细的，炸得外焦里嫩，入口即酥，不须大嚼，既不吐核，又不择刺，蘸花椒盐吃，一口一个，实在是无上美味。"

梁实秋先生对炸丸子的中肯论述，又将炸丸子的重要提升了一个高度，生活需要认真调理，包括饮食的变换，方可达到幸福。

民间传说诠释美好的事物，在不经意间成就永恒。相传朝廷要进贡一道名菜，县太爷派给天津束镇的主管蔺二麻子分管此事。此人心术不正，一心想纳饭店老板女儿丸丸为妾，一直没成功。蔺二麻子委派丸丸来完成，算是一种报复。丸丸专门在饭馆卖水饺和烧饼，一天丸丸淘气，把饺子馅放进油锅，没想到炸出的味道十分美味。母女认为这可以作为贡品，后经打造，命名油炸丸丸，进献给皇上，皇上吃后赞不绝口。不久，丸丸进宫当了御厨。一天，皇上问起丸丸为何和他爱吃的菜同名，仔细询问后得知蔺二麻子在当地为非作歹，后传旨把他打入牢房。后来，油炸丸丸改成油炸丸子，这一意外得来的美食千古流芳。

北方的餐桌，每逢年节少不了丸子，意为团圆之意。

按北方风俗，各家在意菜的数量和品种，菜多，说明家里富有，受人羡慕。丸子能衍生很多菜，里面放蔬菜可做汤，放淀粉勾芡可成熘丸子。这要看大厨的手艺以及大胆创新的能力。美味食物，食材并不要求绝对好，烹饪技术应是第一位，两者搭配方可达到预期效果。

十五的元宵

　　元宵节是我国的传统佳节，是紧跟春节后的又一盛大节日，它的起源很早。

　　元宵最早是灯节的名称，后来成为食品名称。南北朝时期梁国的吏部尚书宗懔，在《荆楚岁时记》记载，"正月十五作豆糜加油膏""正月半宜作白粥泛膏"，说的便是元宵最早的形式。后来到了隋朝末年，元宵成为元宵节的食品。

　　宋代对元宵有明确记载，南宋文坛盟主周必大的《元宵煮浮圆子前辈似未尝赋此坐间成四韵》是我国最早描写吃汤圆的诗：

　　　　今夕知何夕，团圆事事同。

　　　　汤官寻旧味，灶婢诧新功。

星灿乌云里，珠浮浊水中。

岁时编杂咏，附此说家风。

诗人举碗盼望团聚，为大家煮食汤圆，一边吃汤圆，一边忆念亲人。

一些人认为，汤圆始于宋代，南宋词人周密在《武林旧事》记曰："节食所尚，则乳糖圆子，澄沙团子……"

五代文学家王仁裕撰《开元天宝遗事》，该书记述唐朝开元、天宝年间一些不为人知的传闻和事情，也提到唐宫中"造粉团、角黍，贮于金盘中。以小角造弓子，纤妙可爱，架箭射盘中粉团，中者得食"。他所说的粉团即汤团，这说明元宵在唐朝已经出现，只是称谓以及食用方法有所不同。

明清时代，元宵必须在元宵节吃，这成为一种风俗。明朝官吏顾清编纂的《松江府志》记载了当时松江地区的民风，写到了元宵节"以油、珍珠圆子"为节食。制作方法为："籫米粉为丸，曰'圆子'。用粉下酵裹馅，制如饼式，油煎，曰'油'。"其圆子流行江浙一带，成为百姓喜爱的食物。明代已开始称汤圆、元宵，这一称呼至今盛行南方。

元宵有多种口味，也有许多做法，深受百姓的欢迎。正月十五吃元宵，成为一种风俗。

1743 年，乾隆皇帝在懋勤殿，以元宵赐宴文武百官。宴会上，百官以元宵为题，即兴赋诗，在宫廷大造声势，形成一种文化。

北方的元宵节场面热闹，有闹花灯、扭秧歌、踩高跷、划旱船。踩高跷是汉族传统民俗活动，百姓自发扮演各种小人物，如小丑、媒婆、傻公子、小二哥等。小丑身着彩装，扮相独特，歪戴帽子，扭曲的表情让人记忆犹新，眨着眼，扎着一根朝天辫，脖子戴着一串红辣椒，引得人们笑声不断。

我奶奶喜欢这种表演，她看了一辈子，只是后来年岁大，腿脚不好，走不动了，更经不起人流碰撞，脸上显露急切的神情。哥哥为满足奶奶的愿望，背着奶奶去看表演。奶奶高兴得合不拢嘴，直呼哥哥孝顺。

元宵之夜，家家门前挂着自制的灯笼，全是吉祥纳福的造型。小孩子三五成群，手擎灯笼在街上疯跑，比着谁的灯笼好，

久远的味道

有鱼灯、西瓜灯、五角星红灯笼等，外面糊上彩色纸，里面用高粱秆或柳条子做灯梁，有放灯芯和灯油的，有放小蜡烛的，拿灯笼时手要平衡，免得蜡烛倾斜着火。

正月十五，有给祖先送灯的习俗。吃完晚饭，儿孙们准备好灯笼、食品、鞭炮，去祖宗墓地，在先辈坟头前摆放水果等上供的食物，然后烧纸，点亮灯笼，最后放鞭炮。从墓地回来后，全家坐在一起吃元宵，煮元宵、炸元宵、蒸元宵，按个人口味选择。

滚元宵是很费力的活，母亲的汗珠连同元宵都在不停地滚动，馅粘满糯米粉，成圆球形即完成。手滚的元宵，大小不一，外观粗糙。

正月十五是春节后的大节日，一天三餐吃得隆重，早晨要吃饺子，晚饭时，鸡鸭鱼肉不能少，鱼象征富贵有余，啃鸡爪猪蹄称为挠扒，意味抓钱。饭前，放烟花炮仗，蹦走一切不顺，屋内欢声笑语。

南方和北方风俗不同，在南方，元宵是佳节的主要食品，在北方，年节都要吃饺子，只有正月十五吃元宵，平时很少吃。

吃完早饭，没事的都去赶庙会，里面的物品很全，五花八门。剪纸的、吹糖人的、卖花生瓜子的，商贩的叫卖声和人流的嘈杂声，碰撞成一片声浪。只要用心选购，一定会买到可心的物品。

　　现在的正月十五依然热闹，元宵种类日益繁多，外观光滑，大小相同，这是机器的产物，缺少母亲的温暖。母亲滚的元宵，带着浓浓的情感，把对我们的爱一同揉进元宵，吃在嘴里，暖在心里，那种幸福留在记忆里。

北方风俗食品

豆腐，又叫水豆腐，古人称为黎祁、寒浆、乳脂、豆乳、脂酥等，相传为汉朝淮南王刘安无意间发明。豆腐具有较高的营养价值，被人们称为植物肉，在制作方法上有卤水和石膏点制。北方多为卤水点制，多用黄豆，也有用黑豆、花生豆、绿豆，还有橡豆腐，只是听说，没吃过。

豆腐在大厨手中，百样吃法不重样，上至帝王，下到百姓。南宋白甫诗曰：

正值太平时，村老携童欢。

山下农家舍，豆腐是佐餐。

小豆腐是人们常说的豆腐渣，是做豆腐剩余的残渣，相当于榨油剩余的油角。这是北方风俗食品，也是民间百姓喜爱食物，小豆腐不同于豆腐，看着很粗糙，口感也没有豆腐好吃。

　　二十世纪六十年代初，国家遭受自然灾害，粮食短缺，猪肉、豆油、粮食凭票供应，家里人口多，温饱成了大问题。北方盛产大豆，豆腐是家常菜，捡一块豆腐，或换一块豆腐，加小葱，拌大酱。冒着热气的豆腐，吃一口，豆香味扑鼻而至。北方方言称买豆腐为捡豆腐。换豆腐是用黄豆等物交换。豆腐虽然物美价廉，对于经济困难家庭，也不能常吃。后来，豆腐坊多了起来，剩余豆腐渣便不值几个钱，这才时时出现在经济困难家庭的餐桌上。

　　如今，吃小豆腐的人多了起来，人们变着法增加一些辅料，力求口感更好一些，孩子们吃着顺口一些，辣白菜、雪里蕻、萝卜缨子、辣椒成了小豆腐最佳搭配。久之，人们习惯了这口，解决了孩子多的吃菜问题。家庭主妇做小豆腐，积累众多经验，变换很多花样，小豆腐掺一些面粉做饼，擀面条，味道很好吃。加土豆、白菜、萝卜，放入面粉，做成蔬菜饼，清香适口。小豆腐具有一定的营养价值，内含丰富的蛋白质、钙质，能提高人体免疫力，有清火解毒作用。

随着人们生活水平的改善，小豆腐身价越来越高。经过大厨的改良，小豆腐也堂而皇之进入高级饭店，与海参、鲍翅、鱼虾等高贵食材站在同一高度，深受人们喜爱。身价变了，地位也随之提高。

小豆腐在困难时期助人度过荒年，如今，小豆腐完成了自己华丽的转身，登上了大雅之堂。现在吃上一顿小豆腐，并非易事，颇费周折。往事在岁月中沉淀，散发的持久弥香，永在记忆中。

我家主菜

这一年的雪懒惰，拖到十二月中旬，才不情愿地下了一场大雪。天公闹情绪，雪不下则已，一下一尺多厚，顿显严冬的威力，让人感觉在穿越冰川。

早晨上班前，天已有些许阴暗，女儿晓墨说，天不好，换换味道，晚餐做乱炖吧。自她从外地回家乡工作后，吃什么，由她决定。她从小去哈尔滨，对姥姥家冬天烹调的美食，情有独钟。北方一进冬季，天寒地冻，饮食随之改变，除了火锅，就是诱人的乱炖。名字不雅，味道无敌。

"乱炖"这个字眼，单从字面理解，给人不好听的感觉。张爱玲说："中国人好吃，我觉得是值得骄傲的，因为是一种最基本的生活艺术。"作为一种文化，贯穿于饮食中，这是中国饮食区别于世界饮食的不同观念。中国大地物产丰盈，高山、河流、沃野、田园孕育数不尽的奇珍、用不完的野味，引来主妇极大的制作兴趣。在灶台上与火的积极配合，随时唤醒灵感，创造着神物。四季轮回，乐此不疲，每一道食物都是智慧的结晶。人说"家庭是美食的源头"，这是科学的评价。

为了这餐乱炖，我下班顶风冒雪去菜市场，挑选着食材。有人说"美食三分在厨房，七分在市场"，我赞同，没有好的食材，就做不了好的食物。巧妇难为无米之炊，海鲜菜林，运气好的时候，会有新的收获，喜欢逛菜市场的人，必定热爱生活。

拎着菜走在回家的路上，城市塞满辉煌灯火。夜色渐浓，心里却填满回忆。有一年冬天，母亲加班回来很晚，路边小贩已不见踪迹，家里七八张嘴等着吃饭。我们趴在窗台上，哈气融化窗花，露出椭圆形的玻璃，期待母亲归来。看到她出现，心凉半截——以前鼓鼓的三角兜，却是瘪瘪的。我们互相看了一眼，有想大哭的心情，失落的表情，母亲看在眼里，笑着说，我今天给你们做一顿好吃的饭菜。

母亲走进厨房，系上围裙，把大米和小米淘净，铁锅烧上水，这程序是捞二米饭。母亲泡了一把粉条，把干豆角泡在温水中，让姐姐削了一堆土豆，从外面拿回冻豆腐。腌青椒沸水过一下，凉水浸泡去咸。拿出两块咸肉。食材切成条状，咸肉切条。北方冬天，家里都有干菜，随时可凑上几个菜。咸肉经过盐的接触，已变成淡红色，很是诱人。锅里放油，土豆条炒一下，加水及各种调料，和肉一起放锅中炖，开锅后调小火。各种蔬菜，不同颜色，不同味道，撩动人的心弦。

乱炖成了我家主菜，大家都爱吃。女儿晓墨喜欢这道菜，经常缠着姥姥做乱炖。

读作家李舒的《胡适的狮吼牌烧杂烩》，书中谈到，1896年，李鸿章出使美国，宴请美国官员，宴席中便有烧杂烩的菜品，美国人吃得赞不绝口，又讲到胡适家的烧杂烩，不过名字更气派，叫"一品锅"。

"烧杂烩"或"一品锅"，和北方乱炖有着相同之处，是否内容相同，叫法各异？我没有品尝过。

乱炖按个人喜好，不论荤素，都是难得的佳肴。对它的喜爱，和对母亲的思念，与菜有很大的关系。

油茶面

　　油茶面，也叫油炒面，或炒面。北方人喜欢吃炒面，有冬令补品的美称，是我国特色小吃，它方便，快捷，美味适口，深受人们青睐。

　　大美食家汪曾祺说："北京人、天津人爱喝茶汤，我对他们的感情不能理解，只能说这是一种文化积淀。面茶是糊糊状的，颜色嫩黄，盛满一碗，撒芝麻盐，以手托碗，转着圈儿喝——会喝茶汤的不使勺筷，都是转着碗喝。这东西有什么好喝的？有一点芝麻盐的香味，如此而已。"这一段话是对面茶的形象描述，汪曾祺的描述形象，"吸溜声"调动阅读者的感觉。他的文字中漫出面茶的香气，我想起油茶面，和面茶的冲泡和食用方式有很多相似，转着喝也许更有味道，油茶面吃的时候也会发出吸溜声。

我初次认识炒面，是在未进门的嫂子家。哥哥订婚后，两家开始生活中的交往，互送礼品，你来我往。那天，母亲安排我和姐姐去送水果，这是父亲朋友送来的新鲜果品，在当时价格不菲。东西很沉，两家距离远，到嫂子家已是大汗淋漓，嫂子给我们擦着汗，大姑父却忙着找吃的。我家和嫂子家有点远亲的关系，我称嫂子的父亲为大姑父，当时，他是糕点厂的技师，独创多种食品，很有名气。

他拿出槽子糕、核桃酥、炉果等众多食物，并吩咐嫂子烧开水，给我们冲泡两碗炒面。冲泡炒面有诗一样的浪漫，当开水瀑布一样散向炒面，面香升起，丝丝缕缕飘荡出来，弥漫在空间，诱惑着食欲。尽管走时，妈妈嘱咐我们，到嫂子家要讲究礼节，不要随便吃东西，要保持女孩子的沉稳。可在美食面前，我和姐姐忘却了妈妈的话，很快吃完一碗，余兴未尽，又吃了第二碗。走的时候，大姑父用黄色纸袋，装满一袋子炒面，又用一个纸袋子装满各种食物，当时还没发明塑料袋，只能用黄纸做成的礼品袋。

炒面给我们留下了深刻印象，母亲在大姑父指导下，也炒得一手好面。炒面越吃越爱吃，最后升级为早餐，配点小咸菜，以免烧心。

据民俗家考证，炒面是伴随着战争的需要而被发明，可干吃，并能随身携带。多少年来，炒面是我们离不开的美食。一年四季，我都备着炒面，只要有饥饿感，就会冲泡一碗，形成了一种习惯，受我的影响，女儿也酷爱炒面。

随着人们生活水平提高，各种干果应有尽有，为炒面提供了众多上好食材。我受母亲的影响，也学会制作炒面，干果搭配的品种多，炒面味道又提升一格。

炒面看似简单，要达到最佳效果，也须下一番功夫。把核桃仁、花生仁、芝麻、葵花籽仁炒熟，锅刷净，不能有一滴水。面粉倒入锅中，不停翻炒，以免煳锅。要炒得均匀，面球要打散，大火加热后转小火。面熟后，倒在面板上，擀成细末。锅里放猪油，或色拉油，加少许香油调味，待七分热，把面放进油中翻炒。油溶于面中出锅，把炒熟的食材拌在炒面里，或加盐，或加糖，根据个人口味而定。

据史料记载，当年满族人征战时，因为北方不产茶，只能用炒面加开水冲着喝，很提神。这种冲着喝代替茶叶的炒面，民间叫作油茶面。在朝鲜战争时期，天气寒冷，白雪皑皑，志愿军战士在供给不足时，吃一把炒面，再吃一口雪，用来充饥。

　　炒面炒得干燥，保存时间长，和土豆、压缩饼干成为部队的野战食品。

　　在生活中，炒面价格低廉，营养价值高，成为受欢迎的大众食品。

粽 子

晓墨好友维维从老家台湾寄来一盒粽子，外观包裹得很精致，深绿色的粽皮经过旅途跋涉，依然保持鲜绿。我蒸了两个，也想一探究竟，少数民族的粽子是怎样的？

我带着好奇心，一层层剥开粽叶，里面洁白的粽米里，摆满花生、小鲜菇、栗子、五花猪肉。众多食材井然有序排列，没有丝毫的破损，吃一口味道纯正，香气浓郁。我钦佩她的技术精湛、用料考究。

北方粽子里有糯米、红枣、葡萄干，一直保留着老三样，没有发展和创新，人们似乎习惯这种传统味道——大众的味道。

粽子是我国历史文化积淀深厚的传统食品，是民间纪念爱国诗人屈原而发明的一种食物。

公元前 278 年农历五月初五，时任楚国大夫的屈原，听到秦军攻破楚国都城的消息后，悲愤交加，虽有心报国，却无回天之力，写下绝笔《怀沙》，抱石投入汨罗江，以死明志。百姓们纷纷引舟竞渡打捞，一位老医师手拿一坛黄酒倒进江里，想药晕蛟龙水兽，避免伤害屈原，百姓们也将杂粮投入江中。

　　另据古书记载，屈原托梦对百姓说，米粮投入江中，被蛟龙所食，如用艾叶包裹，绑以五色绳，可免遭蛟龙吞食。于是，百姓发明粽子，五月初五龙舟竞渡，小孩戴五彩绳，喝雄黄酒，形成风俗，流传两千多年，绵延至今。

　　屈原托梦只是个传说，保护屈原肉体不被侵害，这是百姓的共同愿望。南朝梁宗懔在《荆楚岁时》记载，五月初五竞舟，俗为屈原投汨罗江，伤其死，故命舟楫以拯之。隋唐一统后，纪念屈原成为全国性的节日风俗，流传至今。这是传统佳节、民俗文化，是民族文明的标志。屈原的爱国精神，值得后人去赞扬，粽子的传说虽然带有悲怆的感觉，但食物本身却是一种发明和创新。经过历史的熏陶和制作技术的发展，如今的粽子品种繁多，有玫瑰细沙、红枣豆沙、桂花八宝、香菇粽、莲子

久远的味道

粽、香芋粽、肉粽、咸粽、水果粽等。苏东坡那句"时于粽里见杨梅",表明当时已有水果入粽。

粽子外形因地区、食材不同而有所不同,有正三角形、正四角形、尖三角形、方形、长形等。也有凉粽,馅多以甜食为主,放冰箱保存,拿出来吃一个超好。

去年端午节,我和晓墨研究包什么馅的粽子。她建议包一种甜粽、一种咸粽。我们准备了糯米、糖、大枣、豆沙、葡萄干等。洗净的粽叶,用开水煮片刻,进行消毒,糯米提前一夜泡好,包的时候两三片粽叶重叠,折成漏斗状。放入糯米,然后加枣、葡萄干、豆沙,二次填入糯米。用手压实,压平,把粽叶反折过来,两侧要包严,不漏米,捆好。经过水的蒸煮,丝毫不减粽叶的翠绿,白莹如玉的糯米,那几颗宝石一样的红枣,映衬着它的美丽。

咸粽子里面加咸肉或咸蛋,放少许生抽、盐、糖。猪肉切成厚片,里面放入调料搅拌一起,腌渍几小时。泡好后的糯米放入生抽、盐、糖各少许,放置一至两个小时即可。附加食材按个人口味,包法与甜粽子相同,煮熟后品尝,鲜香甜爽,味道诱人。

　　端午节的内涵并不全在吃粽子，它体现的是对传统文化背景的认同，是对生命、自然、幸福、美好的期盼。在民俗节日中，传承屈原的文化精神，深刻了解我国的传统文化，这是端午节的真正意义。

来自新疆的馕饼

　　晓墨晚上下班带回一袋大饼，我第一次见这么大块的白面饼，和晓墨开玩笑说上面摆上饭菜，可当圆桌用。

　　她纠正说，这不是普通的饼子，是新疆的馕饼。对于馕，我有很深的印象，前年去新疆，当地这种馕很多。当时，看它外观很硬，干巴巴，没有饼的温柔、松软。我们没有任何犹豫，直接离去。晓墨说，这种馕很好吃，你没正面接触它，走近它，一切结论都过早。晚饭我没准备主食，做了苏波汤，我撕下半块馕，慢慢品味个中味道。它暄软，香咸，外焦里嫩，一种特殊的口感抓住味蕾。观察馕的外表，压着云卷云舒的花纹。白色的小芝麻，均匀地撒满全身，似无数小星星眨着眼，它似一张神奇的天文图，让人爱不释手。

对一个事物的认识、认知，不能妄下结论，这是哲学范围的话题，我改变得并不晚。馕的制作精细，用料考究。最大的特点是不需冷藏，随意摆在饭桌上，饿了扯下一块充饥，既方便，又美味。馕是张骞出使西域而带回汉地，作为地方美食，在新疆有着悠久的历史。它以面粉为主要食材，大多是发酵的面。汉族人做饼，发好的面用小苏打，或碱揉在面里，面自然膨胀。馕的制作是放盐而不放碱，馕基本是圆形，最大的馕叫艾曼克，中间薄，边沿稍厚，中间戳有许多花形纹络，这种馕被称为馕中之王，也有小馕，新疆人称托喀西。馕在历史上有很多称号，中原人则称它为胡饼。

　　胡饼自汉代传入中原后，就成为人们喜爱的食物。东汉时，宫廷曾兴起过胡饼热，因其有易于制作、携带方便、久存不腐的特点。传说唐僧取经，穿越沙漠戈壁时，带的食品就是馕。

　　胡饼已有两千多年的历史，从汉、五代、宋，一直在中原流传，它对中原的饮食文化具有很大的影响。它的种类多达五十几个，经常吃的有肉馕、油馕、窝窝馕、芝麻馕、片馕、希尔曼馕等。制作馕的火炕称为馕坑，烤制过程类似汉人的烤烩饼，馕在我国食品中，是一个具有特殊味道的独特食品，深受各族人民的喜爱。

　　古代的文人、帝王为馕曾留下许多千古佳句，白居易升任忠州刺史时，十分高兴，亲手制作胡麻饼，派人送给方州刺史杨敬之，并附上他的七言绝句，请馋嘴的杨大使尝尝，是否像长安皇城西边安福门外所卖的胡麻饼，在《寄胡饼与杨万州》的诗中写道：

　　　　胡麻饼样学京都，面脆油香出新炉。

　　　　寄与饥馋杨大使，尝看得以辅兴无。

　　汉灵帝爱吃胡麻饼，于是京师人都吃胡麻饼，到唐代，吃胡麻饼依然风行。安史之乱时，玄宗逃至咸阳的集贤宫，无所果腹，杨国忠从市中购买胡麻饼呈献给玄宗，以解饥饿之苦。

　　馕在新疆有着"可以一日无菜，决不可一日无馕"的评价，它在人们生活中占有重要地位。它的营养价值很高，内含 B 族维生素和矿物质，对人体具有很大益处。其丰富的淀粉可以起到饱腹作用，是日常生活的主食之一。

我与晓墨研究油炸馕，外浇一层蜂蜜，一定美味。我们先把馕切成条状，下到沸油中慢火炸至金黄，取出加蜂蜜，味道真是不一样，香酥脆爽，很是诱人。

我们把炸好的馕撒上孜然和胡椒粉，又是一种风味。晓墨买回几串羊肉串，夹在馕里，鲜香适口，馕再加工的味觉感受，又提升一大步。对馕的认识，让我了解了中华美食的魅力和新疆的历史。

老边饺子的感受

　　萨仁老师打电话邀请我说，各地诗人开完会，准备返程，晚上给外地一些好友饯行，参加人有诗词前辈罗老、好友林雪老师，还有李青松老师、李峻岭老师等，有必要大家互相认识一下。授命我安排招待，我欣然应允，客人对中街老边饺子馆很有兴致，于是晚宴定在老店二楼的房间。

　　我先行到达，这里的装修风格是古朴的中式蕴含着现代元素。几位先到的前辈饶有兴致谈论着饺子馆历史，及饺子特点。

　　老边饺子是沈阳城市名片，与李连贵大饼、杨家吊炉饼、打糕、协顺园回头、马家烧卖、西塔大冷面、满汉宴席、老山记海城馅饼、那家白肉血肠，被评为沈阳十大著名小吃，老边饺子名列首位。饺子是北方人主食，年节少不了的食品，俗语说"大寒小寒，吃饺子过年"，饺子在我国起源于南北朝时期，距今已有一千四百多年历史。

元旦子时，盛馔周烹，如食扁食，名角子，取更岁交子之意。饺子已成节日食品。古人把饺子称为馄饨、扁食、角子和饽饽。相传道光年间，河北部分地区闹灾荒，百姓无法容忍官府收受租捐，只能背井离乡，逃往东北，在历史上被称为闯关东。当时，有个边家庄的边福老汉，以开饺子馆为生，逃荒途中，投宿在一户人家中。恰巧这家正在为老太太祝寿，给边家每人一碗寿饺子充饥，饺子清香可口，其馅肥嫩不腻人。边福虚心向主人求教饺子的做法，主人看边福老实厚道，就告诉了拌饺馅的秘密，把和好的馅用锅煸一下再包，这样饺子香软。边福听后，将此方记在心里，后辗转来到沈阳市小东门外小津桥护河岸住下来，搭了个马架子小房，开起了老边饺子馆，不想名声越做越大。边家有个规定，此秘方传子不传妻，每天闭店后，伙计离店，妻子入睡，儿孙们开始煸馅。从1828年创制，至今已有近二百年的历史，被誉为"天下第一宴"。

相声大师侯宝林亲品老边饺子，赞叹有加，挥毫泼墨留下

久远的味道

"边家饺子，天下第一"的墨宝。老边饺子以蒸饺为主，它的精华在于调馅，和面选中高筋面粉。席间，各地客人询问老边饺子馆的历史，怀着浓厚的兴致，品尝不同风味的饺子。菜肴的花样翻新，令食客纷纷赞不绝口。其中最受欢迎的当数边家韭菜猪肉三鲜馅，饺子味道特殊。在沈阳生活三十几年，我竟第一次吃到正宗老边饺子，它的鲜美，让你总有没吃饱的感觉。

我喜欢吃饺子，也经常包饺子。水饺刚出锅，水灵灵，蘸点蒜泥，满口流香。吃过老边饺子以后，我感到味觉上差异很大，它的馅高贵而奢华，家包饺子纯朴而平淡。能荣登十大名吃之首，自然有其独到之处。老边饺子值得赞扬，没有过早发现它的美妙，实在是遗憾。好在我有较多的机会去弥补，留待以后的日子。

烧毛豆

　　每年五六月份，是毛豆的成熟期。早市出售毛豆的农民很多，一条麻丝袋子铺在地上，上面堆满青翠的豆荚，毛茸茸的豆皮，里面藏着珍珠大小的豆粒，似裹着一件绿色外衣，弯曲着身体互相取暖，抵御早春的风寒。

　　毛豆，又叫菜用大豆，专门用来鲜食嫩荚的蔬菜用大豆，也就是幼嫩时新鲜连荚的黄豆。

　　这个季节是毛豆销售旺季，也是农民赚钱最佳时机。人们对毛豆的认可，满足了农民的需求，上行大袋小袋装半车，下行基本售完。我在购买空隙和农民攀谈，我下过乡，彼此有一些共同语言。他们与多家饭店有协约，质量好的年年负责送货，不好的一年解约，都力求自己的产品过关。

久远的味道

　　它和花生是搭档，有毛豆一定会有花生。毛豆销售期，人们每天都要买回一些，尤其家有小孩子，或佐餐，或当零食。饭前摆上一盘毛豆花生垫牙，消磨时间，等主食上桌。

　　好多饭店，客人刚就座，服务生马上端来一盘煮毛豆花生，大家天南地北地边聊边吃。毛豆成本低，既显出店家的大气，又免去客人对饭菜的催促，这是老板的生意经。特别是在烧烤大排档，亲朋好友结伴撸串，喝酒聊天，一盘毛豆花生十几元，经过冰箱冷藏的毛豆，清爽冰凉，吃上一些，去除酒后的燥热油腻，点这道菜的人非常多，这让饭店狠赚一笔。

　　北方人在家里吃饭，毛豆花生也是理想的下酒菜。几个豆粒一口酒，吃喝得津津有味，一盘毛豆花生见底，也完成人与酒的旅程。

　　毛豆具有很高的营养价值，内含多种维生素、丰富的蛋白质，提高人体的免疫力，被称为菜中之肉。

　　家煮毛豆，看似简单，真正煮出鲜美的味道，也须一番功夫。毛豆买回家，要趁新鲜煮，放一天毛豆会变硬，影响味道，首先挑拣毛豆，有虫眼和没豆粒的拿出去，用水反复洗净，去除脏污，接一盆清水，里面放少许食盐和白醋，浸泡十五分钟，捞出放入锅中，加入花椒、大料、香叶等食材，煮五六分钟，关火后再次焖煮，二十分钟左右，取出放冰箱冷藏，吃的时候取出，口感极好，一次可多煮一些，放冰箱冷藏贮存几天不会变质。

煮毛豆让我想起上山下乡的岁月，那时，每顿饭间隔时间长，春种秋收在农村是一年中两个重要阶段。春种相比秋收好一些，早晚温差不悬殊，到秋天逐渐凉起来，掰玉米割黄豆都是重体力劳动。年轻力壮消耗得快，每到傍晚，大家又冷又饿，男知青点子多，胆子也大，就地取材。挑选嫩的玉米，点秸秆烧熟，边吃边烤火，解决了冷、饿的问题。割豆子，烧豆子，把带豆荚的豆秧堆在一起，用火点着，烧熟后，大家趴在地上拣豆粒吃。几个北方的小布尔乔亚，在饥饿面前，也放下小资的身价，吃得满嘴涂炭。那时的知青生活是苦并快乐着，现在想起来，依然很留恋那时的日子，没有竞争，没有压力，吃的是一锅饭，虽然累，但活得轻松。前年知青聚会，大家如数家珍，回忆难以忘怀的往事，个个激动不已。

　　烧豆子已经成为生活中经历过的故事，煮毛豆是我们现代生活的甜蜜。有此经历，我十分理解农民的不易，女儿吃毛豆的时候，我向她讲起了这段人生的插曲。我们都喜欢毛豆的特殊美味，成了餐前饭后的零食。

父亲的酱焖鲤鱼

父亲离开我已经七年了，可他的音容笑貌却一直在眼前，父亲似乎是不放心我，依然环绕在身边。

多少年了，每天清晨醒来第一件事，就是拿起电话向父亲讲述前一天生活和那些有趣的故事。而今，电话那边不再有人接听，但是，这个电话每天还是要打的。父亲是完美的慈父，对我的关爱，主要体现在训导我如何做人，做对国家对社会有用的事上。从我记事时候开始，他就常对我说，要好好学习，掌握本领，回报社会。

小时候，我的学习偏科现象比较严重，尤其是语文，成绩一直差。父亲发现后，就想尽办法培养我对语文的兴趣。

记忆中，那是个春天的早晨。母亲做了我爱吃的酸菜馅大蒸饺，出奇的鲜香，有没吃够的感觉，顺手又拿了一个。我凝神望着春景，窗外细雨如丝，被沐浴后的细柳，在雨中幻化出朦胧略带淡紫色的烟雾，太阳若隐若现，动人的美景强烈吸引着我，我静静直视着，冷落手中的饺子。父亲抱起了我，放在宽大的窗台上，这样观察外面，清晰而直观，父亲轻吟道：

> 雨为梅花遣尽尘，柳勾日影自传神。
>
> 不须苦问春多少，暖暮晴帘总是春。

我抬头望着父亲，太好听了，父亲抚摸我的头，笑着说道，孩子，这是一首描写雨景的诗，是南宋杨万里的作品。你只是觉得好听，并不懂其中的含义。你现在从对不同景物诗的吟诵开始，一点点读书，随着你的成长，就会领悟每首诗、每部作品的内涵和意境。这会为你将来学诗、学习文学打下良好基础。

多少年后，只要看到这首诗，那天与父亲赏雨的情景，就会浮现在眼前。按着父亲嘱咐，我开始背诵各种内容的诗歌，父亲见了，就在一旁耐心地给我讲解，似给我注入高能量营养液，填补了我心灵的空白，滋润着我灵魂。久之，我对文学产生兴趣，黑格尔说："一个深广的心灵总是把兴趣的领域推广到无数事物上去。"父亲对我的启蒙教育，使我终身受益，让我在文学上有了很大收获。2008年在父亲的指导下，出版了《竹梅轩诗文集》。中学毕业后，全国掀起知识青年上山下乡热潮。我由于身体情况，完全有理由留在城里。当时，出于不甘落后的心理，我主动要求到农村接受再教育。父亲看了看我，点点头，认真地对母亲说，现在很多城里孩子都是五谷不分，下乡锻炼不是坏事，让闺女去吧。我相信，她会成长得更快。到了农村后父亲经常来看我，送一些书籍，每次都对我说，闺女你记住，即使在农村，也要不停学习、丰富知识、提升精神境界。不要讲条件和环境，学习是终身的事情。我在知青点读了好多古今中外名著，都是父亲送来的。

抽调回城后，我参加工作，不久调到外地。经过几年锻炼，做了领导，父亲依然不忘对我的教育。在电话里或探亲回家时，老人家一直叮嘱我，当干部就要始终想着为群众办事，个人事情不要利用公权来搞，要清廉，不要贪腐，珍惜组织和群众信任。父亲的话始终鞭策我，催我奋进，我先后考入大学历史系和经济管理系进行深造，为今后成长和发展打下坚实基础。父亲关心我的进步和成长，生活中对我更是无微不至，我小时候患过血液病，医生把诊断书递到父亲手里，用沉重的声音说问题很严重，情况非常不妙啊，父亲忍着心里的剧痛，强颜欢笑地对我说，孩子，人都是要生病的，现在医学很发达，你这点小病很快就会治好。我天真地相信父亲的话。这种病的症状是四肢无力，全身瘫软，即使躺在床上，也感疲惫。家里的亲朋好友听了诊断，大多绝望，就连医生都认为无药可医，劝父亲放弃。但父亲坚信自己的女儿会治好，就这样，治我的病成了他一个人的战斗。他四处打探，八方求援，遍访中西医名家，从不放过任何可能救活我的信息，功夫不负有心人，父亲终于寻到一个民间药方。据介绍，这个药方非常灵验，但药方配方复杂，一些没听说过的中药，少为人知，这难坏了父亲。救活我的决心，促使他不辞劳苦，披星戴月，走遍周边县、乡、林镇，甚至外省大医院、大药店，一剂一剂寻觅。有一天，外面大雨倾盆，闪电裹挟着阵阵雷声，天黑不见五指，母亲焦急地等待父亲买药归来。她打着伞站在雨中，翘首张望父亲归家路。已经很晚了，父亲推着自行车，车带被碎石扎坏，兴冲冲推开家门，满眼喜泪，激动地对我说，闺女，药方配齐了。

看着满身泥水、四处奔波而疲惫不堪的父亲，我内心感激之情，无以言表。

经过一年多服药治疗，我奇迹般站立起来。给我一次生命的父亲，如今给了我第二次生命。

我工作在外地，每次探亲回家，父亲都要亲自推着购物车，去菜市场买我最爱吃的食物。有一次，附近的菜市场鲜鱼卖完，父亲就到很远的近郊市场，买回了我喜欢吃的新鲜鲤鱼，进门后，大声地说，闺女，看爸爸给你买啥了。看到父亲汗流满面，气喘吁吁，我于心不忍。父亲叮嘱阿姨做酱焖鲤鱼，大白菜洗净，撕成条状待用。把干菜用温水泡上，粉条泡一下，鲤鱼切成段，两面煎一下。浇上调料，加水放入粉条，干菜，最后放白菜，这是我爱吃的一道菜。母亲开玩笑说，你爸就差亲自下厨了。

久远的味道

　　父亲走了，可我觉得他还在我身边，那吟诵杨万里诗作的声音，时时回响耳畔。

　　　　雨为梅花遣尽尘，柳勾日影自传神。
　　　　不须苦问春多少，暖暮晴帘总是春。

　　每当我重温那个声音，就会依稀看到父亲慈祥的脸庞，还有那飞扬的神采。

美味猪油饼

　　猪油饼，这个名词令很多人懵懂而陌生，随着养生学进入家庭，猪油被闲置在生活角落，无人问津，甚至被无情黑化。

　　有人说，母亲的味道是欢快音符，存贮在心灵，伴随生命运行而跳动。猪油饼是我抹不去的记忆，那久远的味觉享受，至今难以忘怀。

　　我喜欢用猪油做的食物，已在味觉生根，从没疏离过，至今保留在餐桌上。东北人与猪油难解难分，腊月熬猪油已成定律，年底杀猪，猪板油被格外重视。这是家庭中一年的荤腥，那时没有冷冻设施，室外高寒是天然冷库。大缸放在下屋仓库里，一部分肉放在缸中，上面用冰块覆盖保鲜，冰块上罩塑料布或牛皮纸，缸口用麻绳绑上，留着过年用。另一些肉切成小块煮半熟，放进熬好的猪油里，放进食盐，保存时间长，也叫咸肉。夏天烧茄子炖豆角，舀一勺子油带肉炸锅。炖好的菜油星点点，香气怡人，与鲜肉没太大区别。冬天吃酸菜时放一勺猪油搭配玉米面饼子，酸香可口。

食物体现出人生哲学思想。食材完美结合，味觉与心灵产生碰撞，达到人类追求完美的精神境界。美食是生活的重要因子，包含广泛的生活艺术和美学观念。猪油作为个体独立食材，给它创造一定的外部条件，它的美味会最大化发挥出来。

乡下有春种、夏锄和秋收三个农忙季节，劳动强度大，时间长。大黄米饭是首选食物，做法简单，抗饿。刚出锅的大黄米饭，黄澄如金，随着升腾的热气，飘出米香气。舀勺猪油画龙点睛，加少许白糖助兴，搅拌一起，便是正宗的猪油拌饭。吃一口，特殊香气激活味蕾细胞，似清流沐浴周身，此时菜已是多余。满族谚语：猪油拌米饭，撑死大肚汉。实不夸张。

美食家蔡澜先生是猪油拌饭的爱好者，他在《死前必食清单》里，把猪油拌饭入选其中。作为猪油爱好者，我十分赞同蔡老先生的观点。猪油内含众多营养成分，哪一种都是身体所需，只要控制用量，别无非议。拒绝这种美食，很难做到。猪油还衍生出很多美味。舀一勺猪油放碗中，加进葱花，倒几滴酱油，用暖壶开水一浇，一碗鲜汤速成，油珠滚滚，绿葱流翠，配着主食，完成一次美味早餐。

猪油不仅味美，更是食疗良方、治病良药。小时候，东北寒冷，手经常冻裂，每到晚上，奶奶用满是皱纹的手，扯一块棉絮蘸猪油，在灶膛里烤热后，涂在裂口上，几天后即愈合，嘴唇干裂也用此法。《十便良方》中说，将猪油炼过，冷却后涂患处，可治疗冬唇裂，应该就是奶奶这个方法。

猪油也称为荤油或猪大油，在中国有几千年的历史，很多文献均有记载。李时珍称它为豕脂膏，最早出现在《周礼天官冢宰》中。猪油是满族食物，据载，乾隆皇帝对猪油酥饼、猪油豆沙馅酥饺，食有独钟。康熙大帝则喜爱猪油炒菜，康熙三十七年东巡盛京，内务府备办菜斋一览表中，就有猪油炒白菜、猪油炒芹菜、猪油炒胡萝卜，诸多用猪油煎炒的蔬菜。

猪油美味，熬制猪油可是细活，急不得，须按程序操作。猪板油用水洗净，去除淋巴杂质，切成小块。入锅前在猪油上涂抹适量盐，加清水，水要没过猪油。中火熬到水挥发将尽时闭小火。用锅铲上下翻动，均匀受热，熬到全部出油。油渣变成金黄色，用锅铲挤压，有几分软，把油舀进盆里。冷却后，倒进备好的容器里，猪油凝固似初落雪花，肤如凝脂，色彩动人，油润滑腻，带给人视觉上的美感。剩余油渣，软硬适中，微黄，半焦嫩状，撒上盐，或浇上一层白糖，吃一口，随着咀嚼声，使你完全忽略烫嘴的痛楚。外焦里嫩的酥脆，异香弥漫，似从空中飘来的人间至味。

猪油渣可是大有用场，母亲做猪油渣饼与众不同。热水烫一半面，冷水和一半面，两种面揉在一起，擀成饼状。油渣剁碎，葱花切末，放适量盐，三种食材和在一起，均匀涂抹在大饼上。面饼卷起，揪成小剂子，用擀面杖擀成饼，锅里放少许油，小火烙。烙好的饼，脆弱外表，柔软内心，让人爱不释手。吃一口，香气停留唇齿间，久久不愿散去。

那一年，母亲做油渣酸菜饺子。将油渣剁碎，调料适量，放入酸菜拌馅。当笼屉掀开那一刻，玉米面清香，酸菜醇香，油渣肉香，混合的味道飘散在空气中。金灿灿的蒸饺，未吃先醉，金饺吃在嘴里，真不忍心大口吞咽，生怕惊扰了，只能用心品味。要真正了解美味，只有亲自品尝，语言描述无法达到尽释。每次想起猪油的美味，就想起家，想起母亲。

那碗人间烟火

　　世界上美食种类繁多，人对食物的欣赏各有不同，自己喜欢的食物在心里定义为美食。猪肠是北方人最喜欢的佳肴，长时间不吃，胃会感到空虚。虽然现代医学定论，肥肠不是健康食物，提醒人们少吃。但食者未见减少，看来吃是人的最佳感受。每年年关杀猪，留下够量的灌血肠，其余的都留下来家用。另外，还单独买几副猪下水，清洗干净冻起来，随吃随拿，方便省事。

　　清洗肥肠的过程既累又耗时，吃起来美味，清洗十分麻烦。买猪肠挑选自然白的，这种比较新鲜。

　　肥肠吃法很多，由此创出很多美食，多种做法、不同味道，都离不开油香的字眼。一些饭店推出九转大肠，我品尝过这道菜，看外观切成小段，看颜色过了油，价格不菲，这是肥肠的特殊做法。做砂锅肥肠离不开胡萝卜、土豆、粉条，食材洗净切成块，粉条用温水泡软，肥肠切成段。锅烧热，加油，把胡萝卜和土豆放入锅中爆炒，加水，放入调料，肥肠和粉条同放锅中，中火烧开，转小火慢炖，熟后关火。连同砂锅一起端上桌，吃一口，味香而不腻。

炒肥肠也是一道美味，备好辣椒，胡萝卜切成片，肥肠切成块。锅烧热放油，食材同放锅中，加调料，大火爆炒。置于盘中，飘荡的香气，遍布全身。对这道菜的评价，就是香，香得彻底。

最简单的是肥肠蘸蒜泥，切成段的肥肠放锅屉上蒸。蒜捣成泥状，放生抽，原生的自然香气，冲撞着味蕾。

女儿晓默有一段时间没有食欲，我做了一顿炒肥肠，她居然吃了一碗饭。看来，肥肠的魅力不可取代，对人食欲的诱惑力不可低估。

冯尧臣在《最是那碗人间烟火》序言中写道："尽管有些味道，会被岁月改变，可是那味道带来的感觉永远勾勒在记忆里。品味美食不是目的，品的过程才是生活的意义。"美食是生活基础，吃的过程，就是了解文化的过程。

船钉子鱼

　　江河湖海大鱼鲜香味美，一些小鱼也深受人们青睐。黑龙江最受欢迎的四大野味：麦穗鱼、马口鱼、麻壳子鱼、船钉子鱼，在餐桌上占有重要席位。

　　鱼是筵席不可缺少的重要菜肴，无鱼不成席，鱼在传统文化中是吉祥富贵象征。年年有余，富贵有余，皆取鱼的谐音。

　　我对船钉子鱼情有独钟，印象深刻，它的美味形成永不磨灭的印记。每每想起，心里涌动起故乡情和家的温暖。

　　船钉子鱼生长在江河湖泊中下层，是东北特产鱼种之一，学名叫蛇鮈，也叫白杨鱼、打船钉、沙锥。鱼身酷似造船使用的钉子，故称此名。船钉子鱼体壮肉肥，味道鲜美，内含丰富蛋白质，能有效预防骨质疏松症，强筋骨，壮体力。

船钉子鱼繁殖快，产量多，最旺盛生殖季节在每年四至六月份，入夏会涌入大湖生长壮大。船钉子鱼适应性强，且耐寒，小湖小溪、农村大水泡子都可见到船钉子鱼身影。

小时候，家里孩子多，营养是大事，智力身体都需要蛋白供给，缺钙会影响成长，船钉子鱼作为补充食物，又是常吃不厌的美食。当时，农贸市场一年四季都可买到这种鱼，在寒冬季节，捕鱼人在河流、水库凿冰捞鱼，拿到市场直接出售。也有一些专卖鱼的小商贩，几个大水桶装满一条条大小不一、品种不同的鱼，在阳光下闪着银白色鳞光。来了买主，商贩把鱼倒在塑料布上，买家按需挑选。称完秤，商贩会抓一把鱼赠送，为下次买卖拉关系。母亲每次买鱼都买一盆，少了不够吃。回家把鱼鳃、内脏去掉洗净，放盐腌一下。抓一把面粉撒在鱼上，用手抓匀。放进烧沸的油锅里炸，或用油煎，两面煎至微黄，外焦里嫩，鱼刺也变得酥软。我们作为零食抓着吃，鱼香诱人。

船钉子鱼炸鱼酱，蘸干白菜、大葱，也是一道美食。

船钉子鱼酱制作方法和平时炸酱区别不大，鱼洗净，放少许油烧热，把鱼放锅里煎至鱼肉发白。加入葱、姜、蒜末等调料，扒拉几下，按食用所需倒入大酱。咕嘟几分钟起锅，鱼鲜酱香发散出诱人的味道。

船钉子鱼吃法很多。有一年，哥哥和同学带我们到江下游钓鱼，不大工夫，钓上来半桶小鱼，大部分是船钉子鱼。我们挑大的裹上黄泥，小的用铁丝穿成串。干树枝拢一堆火，放火上烤鱼。泥巴干了，扯下黄泥，里面的嫩鱼肉，飘着淡淡香气，蘸备好的盐面，美味叫绝。那是一次有趣的江边鱼餐，也是钓鱼人常用的食用方法，至今想起仍激动不已。那时，生态环境良好，船钉子鱼自身繁殖能力强，一些有水的河流沟渠，都可见到成群结队的船钉子鱼。

我伯伯家在东北驿马山脚下的小山村，青山绿水，环境优美。村子不大，只几十户人家，很安静，狗吠鸡鸣声能传出很远。暑期，我经常陪奶奶来这里住些日子。村外有一条河，已记不起它的名字，只记得它的美。河边长满树丛柳枝，遍布着不知名的野花，河水在阳光下波光粼粼，随着鱼群游动，水面泛起层层涟漪，蛙叫蝉鸣显得格外悦耳，表哥表姐时常带我到这种仙境捞鱼。这里河水清澈，生长着野生鱼种，船钉子鱼数量很多。表哥自做手抄子，做捞鱼工具。手抄子网用粗铁丝弯成圆形，把口罩布缝铁丝上，长木棍固定弯好在铁圈上，作为抄把。挖蚯蚓做诱饵，把手抄网放进河里，静静等待。表姐则教我用柳条子编鱼篓，上下窄，中间宽，插满五颜六色野花。每次都把带去的鱼篓装满，才兴高采烈回家，我和表姐头上插满野花，嬉笑声撒满一地。晚饭，大伯母用船钉子鱼做很多菜，煎鱼、鱼炒青椒、小鱼豆腐酱，让我大饱口福。

船钉子鱼除食用外，一些小鱼和鱼头是鸡鸭鹅理想饲料，营养丰富，吃鱼的家禽下的蛋，味道十分鲜美，我非常喜欢伯母腌的咸蛋。大伯母把剩余的大船钉子鱼洗净，用盐卤，放阳光下晒成鱼干。放干椒爆炒，更下饭。每次和奶奶回家，伯母都给我们带上咸蛋和鱼干。伯伯家的自然风光、天然美食，还有表哥表姐这两个玩伴一直吸引我，每到假期，我都会缠着母亲送我去伯伯家，这幸福的童年记忆，一生难忘。

几十年岁月更迭，随着江湖河流污染严重，野生船钉子鱼逐渐减少，在偏僻农村、山区一些没有污染的河流里，还可见到集群船钉子鱼。

久远的味道

　　去年回老家，正是盛产船钉子鱼季节，走遍农贸市场，很幸运看到一个卖船钉子的鱼贩，鱼数量不多，价格很贵，二十几块钱一斤，只因沾上野生的光。我买了两斤，用干辣椒酱焖一盘，满足味觉上久别的思念。

土菜

搬上炕的炭火

火盆是北方乡下取暖物件之一，它有着多种用途，深得人们喜爱。每年冰雪严冬，随意走进一户农家，都会发现火盆行踪。和火盆相对应的是木制长形饭桌，上面放着贴满五颜六色糖纸的烟笸箩，里面放着叫蛤蟆头的大叶旱烟。

这种烟成熟后，从底叶一茬茬掰，用野草编成绳，放在木椽子上，把烟叶夹在草绳上晒。阳光不能足，最佳方法是阴干。八分干时从草绳上撤下来，十片叶左右成一把，放仓房通风处，慢慢干燥。用时把烟杆抽下来，烟叶揉成小碎片，潮了放炕上干燥，或用火烤干。烟笸箩都放在炕桌上，只有吃饭时挪到窗台上。

烟笸箩的原料采用编筐的管条或柔软的各种树条，玉米叶也可以编织，还有用泥做的，上面糊上烟纸、花纸装饰。老人抽完烟，烟袋放在笸箩上，抽烟时用嘴吹一下烟袋透气，然后把烟放进烟袋锅，在火盆上点着。

北方火盆装着太多故事，冬天在家猫冬，火盆是聚集中心。乡里乡亲，左邻右舍，大叔大婶们都喜欢围坐火盆边，手搭在火盆沿上，唠家常，消磨时间。严冬顶着冰霜走路，嘴里都发出咝咝哈哈的寒冷声，进到房门，直奔火盆烘烤一阵，去掉寒气，骗腿坐在炕桌边，拿起卷烟纸，卷蛤蟆头。卷烟纸由小孩子用过的旧方格本裁成，边抽烟，边烤火，聊一些云里雾里的乡间趣事。

在冬季，每个房间都有火盆，分南炕、北炕，用一个幔帐隔着。老人基本住南炕，阳光充足，暖和。

根据人口需要，火盆有大有小。制作火盆是个复杂过程，一个质量好的火盆，需要制作者有丰富的经验和熟练的技巧。泥一定要选黏稠泥巴，草用铡刀切成半尺左右，均匀地掺和在土里。用二齿钩从中间扒坑，里面放水，来回和泥，也似和面一样，草和泥要和均匀，泥多了不结实，草少了火盆没炭时会出现裂纹。条件好的可用猪毛或动物毛，一般在年关杀猪时留下猪毛，做出的火盆更结实。泥巴和好后放几个小时，相当于养生，然后揉成长条，围成直径 15 ~ 20 厘米的火盆底形状，中间大，两头小。做好火盆底，一圈圈盘起来，做盆时放一盆水，用来清手，里外用手抹平，再收口。通风阴干，用湿抹布罩上，免得开裂，十天左右火盆完成。火盆的炭取自于灶台木头炭火，或玉米秆的炭。放炭火很讲究，把炭放盆里压实，用三角烙铁铲子或铁夹子，从边缘隔几小时翻动一下，需要时把火翻旺。

火盆用途很广，在取暖同时，还可用来烤食品。农村冬闲都是两顿饭，中间相隔长，难免有饥饿感。拿几个土豆埋在炭火里，在炭火忽明忽暗的燃烧中，土豆发生外貌变化。熟后的土豆，扒开黑色外衣，里面肉起着沙，一股浓香味道扑在鼻间，你会不自觉做着深呼吸，尤其是黄麻子土豆，味道更诱人。用烤熟的土豆拌上农家大酱，二者一起食用，更是别有一番滋味。

人们更喜欢两餐之间的替代品，配上从外屋缸里捞出、带着冰碴儿的咸菜，你会感到冬日生活更美好。

也可用火盆烤豆包，从仓房大缸里拿回的冻豆包放在火盆铁镰子上，目睹着豆包在炭火作用下，由冻变软，一点点变成微黄。粉红色大豆馅，包裹着一层金色的黏米皮，这是诗一样的美食，你会迫不及待，不顾及手承受的热度，直接抓起一个吃起来。

一些为了美味不怕麻烦的年轻人，把晾干的熟玉米，用水煮透，放在火盆上烤。小孩子们也用它烤粉条充饥。家庭主妇用它炖菜、热饭，一举多得。一些能吃辣的北方汉子，饭前用火盆烤辣椒，用剪子剪碎，放酸菜汤里，或拌成咸菜做菜。温一壶东北高粱酒，十足的一顿美餐。

女人做鞋为了平整，把烙铁放火盆里加热，然后烫平，这是火盆又一妙用。北方民谣把烤火作为幸福象征，这样说道："老太太，小媳妇儿，一个一个有福人儿。不做饭，不淘米，坐在炕上烤火盆。"这是乡下妇女追求的美好生活，简单而纯朴。我曾经很想了解火盆的昨天，没有得到准确的史料记载，只大概了解到，其发源地在黑龙江，起源于三国，距今已有两千多

久远的味道

年历史。对于火盆的历史经历，我不去探究，只是记得它对人类的贡献。

火盆属于北方传统的民风习俗，是时间带不走的深切入骨的思念。如今火盆的足迹已被掩埋，只能在一些北方菜馆里看到作为文化概念陈设的老式泥火盆，但逝去的岁月带不走温暖的童年记忆。

酸菜粉条的缘分

女儿在外地工作，回家小住，提出晚饭吃酸菜炖粉条，我欣然接受。

这一年，沈阳冬天出奇的冷，雨雪交加后的马路滑似镜面，人们像走在天然冰场，小心前行，我踮着脚尖，迈着碎步。超市离家很近，货品齐全，货架专柜摆满各种牌子粉条。我是东北人，吃惯土豆粉，买了一把老家产土豆粉，喜欢它晶莹剔透的色泽，似根根银丝，一缕缕盘根错节。一经沸水，身姿似优美舞娘，柔软丝滑，吃一口味道浓郁，入口劲道，有一种别样的味觉感受。

粉条有我童年的记忆，二十世纪六十年代，我随父母常去下乡走亲戚。那时粉条手工作坊很多，大屯子都有一家粉坊，承载着十里八村的土豆加工。天然食材，古老工艺，每一根粉丝都凝结着劳动智慧。制作粉条的过程很复杂，它需要用钢筋焊的铁丝搅笼，固定在水槽里。上磨，过包，形成淀粉，在大缸里把淀粉做成块。用粉瓢漏粉，粉瓢是用一厘米厚白铁制成，42个眼。瓢直径一尺，呈圆形，下面是大粉锅，粉条落入翻滚开水锅，打几个滚。放在冷水里过一下，粉向倒线一样，一把把放粉架，晾晒干后，捆成把保存。每年加工粉条季节，都是孩子们最兴奋的日子，三一帮、两一伙站在粉坊外面，粗糙的脸蛋黑里透红，没洗干净的小手端着碗，伸着脖子，期盼地向粉坊里张望，等待大人分给他们粉耗子。粉耗子是制作粉条漏眼堵塞，堆积在一起的粉疙瘩，俗称粉耗子。刚出锅的粉耗子色泽透明，蘸点农家大酱，口感清香滑润，是孩子们喜爱的食物。

粉坊主人姓王，时间长了，大家称它为王家粉坊。他是远近闻名的粉把式，技艺纯熟过硬，几代传承，都是手工老把式，为人诚信手艺好。他漏的粉条，保持原始粉条的自然香气。

粉坊院子里布满一排排晾晒的粉条，透明洁白，似凝固的瀑布。优美景致带来愉悦美感，粉条散发出淡淡香气，弥漫在空气中，飘出很远，加工粉条人，循着香味就可摸到这里。粉坊距离表姑家很近，表姐身材矮小，母亲说是从小干活累的。那天表姐端一个碗，带我去王家粉坊，等了好一会儿，分到了几个粉耗子。粉把式和表姑家走得很近，多给了几个粉耗子。表姐从粉坊窗台酱碗里倒了一些大酱，我不客气地吃起来，清香爽口，我第一次了解漏粉中的粉耗子。看我吃得如此香甜，表姐咽了两次口水，她只比我大一岁，每当想起当年情景，我都十分动容。

孩子们边吃边喊着："粉耗子，粗又壮，蘸大酱，嘴里香，补养分，身体胖。"我不知道这是童谣还是顺口溜，说得很有道理。粉条古称字粉、细粉、线粉、丝粉、凉粉，品种有土豆粉、红薯粉、绿豆粉，形状有圆粉条、细粉条、宽粉条、片状粉条和粉丝，粉条与粉丝的区别在于它的宽度。粉条食材很宽泛，大豆以外豆类都可制作粉条。粉条在东北是离不开的美食，是东北四大硬菜之一。猪肉炖粉条是上台面的菜，大小宴席作为主菜，深受赏识。粉条具有很强的附味性，酸菜粉、白菜粉条、粉条萝卜汤、鱼炖粉条，众多菜系都离不开它。

粉条不只是东北的硬菜，也是东北婚嫁不可少的物品。东北风俗办喜事有很多讲究，婚礼当天，女方准备四彩礼，分别是离娘肉、两条鱼、四捆大葱、四把粉条。除离娘肉外，其余娘家人离开时要拿走一半，粉条意为长长久久。新娘三天回门，也要带四合礼，其中有四根大葱、两袋粉条，从娘家吃完饭，要带回婆家一袋粉条、两根大葱，大葱意为孩子聪明，粉条象征夫妻幸福长远。

粉条在东北用途广泛，在食物上翻新很多花样，酸菜白肉炖粉条是让人向往的美食。这道菜我沿袭母亲的做法，酸菜洗净切丝，五花肉切成块状，放开水煮五六分钟，肉捞出来，切成薄片放碗里。粉条洗净，放油炸锅，酸菜放锅里焯几分钟，加水，加调料。肉倒进锅里，七八分熟时加进粉条，粉条呈透明状起锅。捣蒜泥、韭菜花酱当蘸料。酸菜汤放几滴辣椒油，寒冬也吃得汗津津，它渗透出美食精髓，与灵魂共鸣。

老家过水面

　　身患重病，出院几天后，怀揣着灰暗的心情，行走在故乡土地上。是寻找生命的理解，还是给生活一个新起点？两者兼而有之。

　　被冰雪覆盖的路很滑，寻着车辙艰难行走，车轮与雪接触，发出嘎吱嘎吱的碾轧声，车子颠得厉害，我有些头晕，心情却极好。

　　今年雪来得很早，田野上积雪被路过的风吹皱，形成一道道波纹，给人白色海洋之感，北方冬日美让人叹服。每次回老家都在叔父家落脚，我的到来让叔父婶婶很高兴，冷清气氛变得热闹起来。

　　几年没来，院内景物依旧。站在凋零的花池边，几枝经霜

久远的味道

变黄的枯叶，从雪被里钻出来，窥探着春的脚步。

望向墙边，我清瘦的身影，倒映在参差不齐的院墙上，被惨淡阳光拉成一条直线，折射到我童年。就是脚下这片黑土地，孕育了我成长。

叔父家左边有一条小溪，说它是小溪也不确切。水面很宽，也很深，说它是河也不为过，人们习惯叫它小溪。它蜷伏着，没有往日欢欣的跳跃，溪边不知什么时候多了几排杨柳，形成了树林。一群经冬麻雀上蹿下跳中，叽叽喳喳，唱着冬日序曲，给小溪带来一丝生气。望着结冰水面，这里小鱼小虾，曾给我带来味觉上享受。

婶婶喊我吃饭，乡下农闲都是两顿饭，我赶在饭点上。叔父家火炕坐上去很舒服，觉得心都暖了。炕桌不大，摆满各种自家产的小菜，葱、切成片的鬼子姜，散发着香油味道。清炒酸头菜、腌咸肉、鸡蛋炸酱，配着绿葱丝，一碟咸香菜末，这是叔父家最好的饭菜。婶婶端着一盆手擀面，对我说着"上车饺子下车面，知道你喜欢吃这口"。我兴奋起来，似与老朋友异地重逢。

桌上有盆手擀过水面，我与过水面有扯不断的缘分，听祖母说，太爷爷喜欢过水面，一辈辈传下来，形成传统，已成习惯。到母亲这辈，吃法很多，种类也全。白面、玉米面、荞麦面、高粱米面都可做成过水面，玉米面条不同于现今酸汤子，手工玉米面条筋道，有咬头，入口丝滑。

　　母亲做过水面，和面的水加少许盐，面条之间不粘。洁白面条放入沸水中似银龙舞动，浓浓原生面香，徘徊在鼻翼间，流动气味溢满全屋，充盈着田野味道。

　　母亲做过水面，对调料很讲究，辣椒、香菜、黄瓜丝、美味麻酱、肉丝黄豆酱，外加一碟捣碎的蒜泥。红的辣椒，绿的香菜，棕黄色炸酱，清白蒜泥，演绎出绝美画面，那时，家里人口多，食量大，擀面条是不小的工程，煮好的过水面盛在大碗中，各种调料似秋日里色彩斑斓的小山，味觉行走于秋色中，吃一口香辣蒜泥，生活美味尽在其中。香气熏染了年少岁月，寡淡生活平添了快乐。

　　当时细粮少，吃面条很奢侈，只有贵客临门方可享用。平时磨细的玉米粉、高粱米粉掺少许白面，擀出的面条，有丰富调料助威，也非常鲜美，在炎热夏季，凉水拔过的手擀面，吃一口去了一半暑气，清凉了盛夏光阴。

美食带来精神上的愉悦，一道美食是一段悠远的历史，大饱口福之时，探寻着人类智慧与足迹。面条天生具有良种的因子，千百年来，播撒着对人类的恩赐，由最初的汤饼形成面条。

唐宋前，凡用面做成的食品，统称为饼，面条是用水煮的饼，因而被称为汤饼。古时做法简单，用一只手托面，另一手把面揪成方圆长形，入水煮熟即可，类似于现在的片汤。

晋朝束皙《饼赋》曰，"面迷离于指端，手索回而交错"，说的就是当时的汤饼。随着擀面杖的问世，形成了面条，尤其汉朝之后，成为主食。据说汉高祖刘邦为父亲建新丰邑，不但有房屋、街道、酒肆，还专门建了饼铺，可见面条在当时的地位。《唐书·王皇后》载"阿忠脱紫半臂，易斗面为生日汤饼耶"。唐朝后，过水面成了生日长寿面，沿袭至今。意大利面条先祖始于中国，由旅行家马可·波罗带回国内，成为其国人美食。

随着人类进步，机制挂面走进百姓家，面条名目日渐繁多，北京炸酱面、山西刀削面、兰州抻面等，多达几十种，遍布街巷。

　　我品味过诸多的面，但和家里的过水面相差甚远，家的味道已然深刻在骨子里，伴随着生命前行。

　　老家之行，这是生命拐点，新希望从这里重新燃起，我的心平静下来，灵魂似有了安身之处。

美味黏豆包

又到了年关，老家寄来黏豆包，这是我喜欢的食物。打开包裹，一层层捆绑得严实，黏豆包碰碎会影响味道，这一定出于母亲之手。

经过旅途的跋涉，黏豆包依旧光亮，晶莹剔透，在冬日阳光的映照下，闪着诱人的光。有人说，乡愁就是味觉上的思念，总有些滋味留下。

黏豆包是东北特有的食品，由最初单一的种类，发展成多个品种，是常吃常思的食品。听老人说，黏豆包起源于满人，作为豆沙类点心，最初用于祭祀。满人是游猎民族，经常出外狩猎，黏豆包内含多种维生素和热量，且便于携带，即使在冰天雪地，也可以作为干粮，味道更加爽口。努尔哈赤打天下，南征北战，黏豆包是重要的军粮，大清国的半壁江山，有黏豆包的功劳。

东北有一种叫糜子的农作物，几乎家家都种植。虽然是低产作物，却是黏豆包的主要食材。糜子有大粒和小粒之分，俗称大黄米和小黄米。大粒的作物叫糜子，它的穗散开，秆可以做笤帚。小粒的农作物称为红黏谷，它们谷穗的形状一样，只是颜色不同，红黏谷的穗是黄色夹杂暗红色的混合体。

两种米食用方法很多，北方人用它们焖黏米饭。锅里加适量水，把米洗好放锅里焖，根据个人口味，放入泡好的芸豆。灶台下烧煤，注意掌握火候，担心煳锅，借助锅铲的神功，上下翻动，直到软硬适中的程度。饭煮熟了，无数微小的金黄珠粒，均匀地排列。黄米饭盛在碗里撒上白糖，放一匙熟猪油搅拌，香甜可口，美味叫绝。

吃黄米饭很少吃菜，这是家乡的饮食习惯。有的人家会做菜，白菜炖粉条，或红萝卜丝加土豆条做成汤，撒上香菜末，配着黄米饭。这种吃法，适合中老年人的口味，即使食欲不振，足以刺激味觉神经。

久远的味道

人们吃黏米饭，更爱黏豆包，它是过年不可缺少的主食。儿时居住的老屋，联排五个房间，中间是堂屋，左侧是祖母供奉的祖先画像，其中重要人物是祖太爷，他的神位左边是水果，右边是肉类，中间是一盘黏豆包。

每年农历腊月，人们按着时令，家家忙碌准备过年的食品，包黏豆包是重头戏。小朋友家出去玩耍，外屋地的大铝盆里，泡着大黄米和玉米楂子。

一进入腊月，我去婶婶家找姐姐玩耍，以大铝盆为轴心，比赛谁转得圈数多。转着头觉得晕，扑倒在大盆上，溅了一身水，盆里的米撒一地。婶婶一边不停地扫米，一边生气地说："十几岁女孩子，不好好做家务，整天疯跑，我像你们这样大，都开始帮妈妈做饭了。"我看着地上的米粒好奇，怯怯地问道："为什么泡两种米呢？"听我问话，婶婶的气消了一半，精神头也来了："傻孩子，大黄米黏度大，包出的豆包瘫软，立不起来，加玉米面挺实。"为方便，两种米一起泡，泡好后淘干净，再上碾子磨粉。混合面加水和好，发酵一夜，就能做豆包了。

如邻家婶婶说的那样，和面是关键一步，它关系到黏豆包的口感，面发不好，就会过酸，味道不正。

　　老家有个习惯，今天帮这家，明天帮那家，形成串门交流情感的习俗。大家集中一起各有分工，按每个人对工序的熟悉，攥豆馅、包豆包、摆豆包、蒸豆包，都有明确分工。她们唠着家长里短，边干边聊。包好的黏豆包冻起来，没有一点裂痕，保持色泽新鲜。春节来客人时，或自己家要吃，上屉熘一下，不费多少时间。

　　每次做豆包，我的任务是看时间，黏豆包上屉蒸，时间不到会影响口感。我手捧着闹表，坐在厨房的木凳上，时间分秒过去，似等待着一场战役，生怕错过最佳的进攻时间，当秒针行走到点上，便大声呼唤妈妈。此刻像打了大胜仗似的，当妈妈掀开锅盖，热气扑面而来，瞬间挤满不大的空间，几乎看不清对面的人。透过薄雾，依稀可见，妈妈几根白发上挂着汗珠，滴落在锅台上，妈妈用手背擦脸的汗水，这情景烙在我的心里。

　　灶膛里燃烧的煤块，忽明忽暗，映衬着排列有序的黄色的黏豆包。有人说，享受美食是快乐的，等待出锅时便是幸福。

我经历了这个过程。

　　小时候，哥哥和邻居家的孩子玩耍时，经常打架，吃亏一方找到家里，哭着跟家长告状。每次妈妈都会安抚，拿出几个黏豆包塞到他们手里。挂着泪的脸上，出了一点笑意，黏豆包揣进衣服口袋，又跑出去疯玩。

　　我下乡接受锻炼的时候，跟农民一起劳动。男知青食欲旺盛，早晨上工早，干一会儿活，肚子里就咕咕直叫，饿得难受。没有到休息时间，大家在地头枕着胶鞋，躺在地头上，跷起二郎腿，大有罢工之势。收工后，利用午休时间，队里开会决定，每天增加黏豆包。这是实惠的食物，黏豆包的特点是抗饿，尤其适合重体力劳动，人们能坚持到吃饭的时间。以后的劳动中，只听到喊累的语言，没出现饿的字眼，后来几年中，春耕、夏锄、秋收都没有缺少过黏豆包。

　　多少年来，黏豆包是抹不去的思念，独特的味道，留在灵魂深处。

最熟悉的主食

馒头是生活中最熟悉的主食，谈起馒头，仿佛谈起一个陈旧的老话题，没有任何新鲜感。

馒头在我成长记忆中，却有着扯不断的情缘、挥之不去的心灵印记，时时牵动着我思乡情结。

北方乡下馒头用途很多，临近年关，家家户户忙着蒸馒头，留待过节期间用。蒸好的馒头放在仓房大缸里保存，享受和冻饺子、冻豆包同等待遇。除夕之夜供奉祖宗神位，上面一定要有加印红点的馒头，以对祖宗的孝敬之心。

馒头在圣洁的寺院里，也是重要供品之一。众多香客进庙朝拜，不能缺少馒头，在名著《红楼梦》中就有关于馒头的记载，第十五回"王凤姐弄权铁槛寺，秦鲸卿得趣馒头庵"中写道：

"原来这馒头庵和水月寺一势，因他庙里馒头好，就起了这个浑号。"这段文字说明寺院对馒头的重视。

多少年来，我客居他乡，家蒸大碱馒头，让我魂牵梦萦，面香、碱香糅合的韵味，代表馒头最高境界。每次家里蒸馒头，我走进灶间，掀开锅盖时，与它深情对视。透过缭绕的蒸汽，微黄的大碱馒头，咧着嘴憨厚地笑着，温柔使人如沐春风，令人陶醉于味觉世界。

开口笑馒头并不多见，做好这种馒头需要经验。面粉发酵程度、大碱用量，只有具备这几种条件，蒸出的馒头才可开口笑。馒头的历史源远流长，古代就有关于馒头的诸多记载。

据西晋《束广微集·饼赋》中说："三春之初，阴阳交际，寒气既消，温不至热，于时享宴，则曼头宜设。"可见，馒头当时叫曼头。南宋诗人陆游诗曰：

昏昏雾雨暗衡茅，儿女随宜治酒殽。

便觉此身如在蜀，一盘笼饼是豌巢。

这里的笼饼即馒头。

馒头易于消化，还具有超强的食疗作用。《爱竹谈薮》中记载，宋宁宗为郡王时，病淋，日夜凡三百起，国医均束手无策，最后有人推荐一位名叫孙琳的大夫为宁宗治病，孙琳用馒头、大蒜、淡豆豉三物捣丸，叫宁宗以温水服三十丸，说，今天吃三副，病可减三分之一，明天再吃三副，三日病除。宁宗遵嘱服之，果收奇效，于是赐孙琳以重金。

我们对馒头的认过知程，是对古代文化的一种延续。品味的是馒头，体味的是情趣，传承的是知识。

往事如烟，似柳絮飞过，带不走我与馒头诗意的邂逅。那笑脸盈盈的大碱馒头，熏香了我的人生。

难忘油角饼

　　每次聚餐和朋友提起油角饼，大家都是一头雾水，满脸困惑，不知何为油角饼。

　　这是一个历史食物名称，二十世纪六七十年代，盛行北方的产物。所说油角饼是豆油沉淀物，卷面里烙成的饼。

　　1978年，我回城，分配到兴隆油米加工厂做后勤工作。工厂坐落在兴隆镇北部，占地面积大，职工数量多。下设制油车间、制米车间、制酒车间，是当时粮食、豆油、白酒重要生产基地，是粮食局下属的国有企业。

　　每天走进工厂，酒香、油香、米香随空气飘散，人们循着香气就会摸到厂址。酒精、豆饼、米糠是周边地区养殖户的重要养殖饲料。兴隆镇是北方名镇，重要产粮基地，有着厚重历史文化，有赋曰：

滨北重镇，兴隆名传。
龙江古邑，绿色家园。
长江之麓，漂水之畔。
三县通达，状若狮旋。
北望泥河，与万发为邻。
南越铁路，与通乐乡濒连，
西经红光沃野，与呼兰区接壤。
在东观尖山之秀峰，与洼兴镇延绵，
雨顺风调，地富民安，呈四时祥瑞。
乐万户之桃园，追溯历史。
几经易迁，肃慎故里，
靺鞨家园，女真崛起，
跃马扬鞭，牧猎渔耕。
世代繁衍，全无更替。
明清继焉，四间庙，

旧遗址，依之鉴本，

长春岭，古村落，

犹可探源，咸丰垦荒，

南马北迁，同治建厅，

州县命官，堡改兴隆，

镇名遂延，开烧锅。

制豆油，米面车间。

地杰人灵，兴隆壮然。

　　这首赋阐述了兴隆镇的人文历史。那时工厂还是半机械化，人工成分很多。工人都是倒班生产，油车间年轻人多，每到严冬，冰天雪地，这是他们最开心的季节。工人在休息室垒起一个大火炉，供职工热饭，大家基本带半成品，酸菜、白菜、大萝卜，随手舀一勺残油，倒进饭盒，做熟后香气四溢。所有饭菜都集在一起，再拿一些散酒，你一口我一口，十分惬意，这种热闹场面，我也经常凑趣。

　　残油是没有滤净的油，下面沉淀物就是油角，呈棕红色稠状，看上去细腻绵柔。里面渗出点点油花，闪着晶莹的光，闻起来一股浓浓豆香味扑鼻而来，让人产生一种食用的冲动。当时，油角是油的下脚料，是提不出去的剩余，每一百斤豆油，残留的油角多达几十斤。

豆油采用笨榨的物理压榨法，保持油原味，不脱色。工艺流程是筛选去杂质，烘干脱水，蒸锅软化，破碎，轧胚。二次软化锅蒸，温度在120多度，之后装垛，压榨，出油，几小时后卸垛。最后油流入油罐，开始水处理，油比重轻，浮在上面，油角比重大，沉淀后形成油角，这种油角没有任何有害成分，吃着放心。

那时油角对外销售，几毛钱一斤，它的美味深受人们喜爱，是面粉最佳搭配。尤其在凭票购油的历史时期，油角弥足珍贵。虽然生产数量多，但需求量很大，油车间工人近水楼台，下班买一饭盒，用尼龙塑料兜带回家，漂浮在上面的残油，足够做一顿菜。

尼龙塑料兜是用五颜六色的尼龙绳编织而成，不怕油，易清洗。上下班用尼龙塑料兜装饭盒，是当时一个特点。

　　我也经常给家里买油角，每次想做油角饼，上班时，母亲都会大声叮嘱我，下班带油角。我认真应允着。

　　母亲做油角饼很有一手，面和得软硬适中，先擀一张大饼，把油角涂抹在大饼上，撒上芝麻、花生仁和少许白糖，再把大饼卷起来，揪成小剂子，均匀地擀成小饼，放锅里小火烙，至微黄，这是香酥饼做法。或者用切碎绿葱和盐搅拌一起，平铺在饼里，做成椒盐饼。熟后的油角饼，内软外酥，色泽宜人，诱人香气随空气无限蔓延，放大，使人的味蕾无法抗拒，吃一口余香无穷，足以消除掉人生不如意，这是美食的魅力。我想起苏轼的诗："纤手搓来玉色匀，碧油煎出嫩黄深。"出于好奇，我很想探究饼的历史，查阅资料，穿越时间维度，反观历史，发现先人们对饼各有恩宠：汪曾祺老先生《八千岁》里的草炉饼，慈禧太后喜食的宫廷小吃肉末烧饼，西汉灵帝独宠的胡麻饼，楚王赞赏的土家掉渣饼，五代时期各具特色的五福饼，《儒林外史》里的蓑衣饼，《西游记》里的香汤饼，《水浒传》里武大郎叫卖的炊饼。

　　古往今来，饼带给人类味觉上莫大享受，尤其是历史上的帝王们，他们每日食遍山珍野味，品尽天下佳肴，又有哪位帝王不是美食家呢，却对饼如此喜好，可见饼在历史上的地位。在我国历史上，把面做成的食物称为饼，东汉刘熙在《释名·释饮食》中说，饼，并也，溲面使合并也。

历史上关于饼的传说也很多。据说，汉光武帝刘秀年轻时，因事在新野地方被拘押，当时新野小吏樊晔是刘秀知交，送给刘秀一盒饼充饥，刘秀非常感激，后来，刘秀当了皇帝，封樊晔为河东尉，以报金饼之恩。另说宋朝著名宰相寇准，做官公正，清廉，深得百姓爱戴，寇准有一年离开京城汴梁回渭南老家探亲，时值五十大寿，地方乡党送来寿桃、寿面、寿匾祝贺，寇准摆寿宴答谢，酒过三巡，菜过五味，下属捧来一个精致桐木盒子，寇准打开观看，竟装有五十个晶莹剔透的点心，上面放有一张红纸，写有一首短诗：

公有水晶目，又有水晶心。

能辨忠与奸，清白不染尘。

落款是渭北老叟。后来，寇准家厨照此做出了这种点心，寇准把其命名为水晶饼。

油角的另一个用途，放入碱搅拌加热，做成土皂，这种自制皂去污力极强，油间工人定期发放，清洗浸油的工作服，皂体大小不匀，按斤出卖，几大块土皂够用一年，那时洗衣机还是科学幻想产物，都是手工搓洗，效果极好。

油角足迹已无处再寻，但它是我永远的念想。母亲在烟火旺盛的厨房，喊我们吃饭的吆喝声，依然鲜活地回荡在空间。

玉质皮冻

　　皮冻是人们熟悉的一个古老名词，是百吃不厌的传统食物。在北方，除夕之夜，餐桌上必不可少。

　　每年腊月杀年猪，白肉、血肠、皮冻，是不可缺少的三大件，统领着猪肉的主战场。一片晶莹剔透的玉质皮冻，艮揪揪，颤巍巍，带给人无限的视觉美和口感享受。

　　皮冻制作简单，又美味，每个家庭主妇都可独立完成，只要准备相应的食材就可轻松完成制作。

　　皮冻制作虽然简单，但要制作一盘上好的优质皮冻，其中却包含着一定的技术含量和经验。现在，在原始皮冻的基础上，美食家们创新了多种类的皮冻，诸如水晶冻、五香冻、清冻、浑冻等。

在没准备的情况下有客人登门，一盘皮冻配蒜泥、一盘炒花生米、一盘拍黄瓜，外加一盘尖椒土豆丝，就是很丰盛的待客菜，这是皮冻的妙用。

我家人都喜欢吃皮冻，搭配任何主食，与主菜配合得堪称完美。看奶奶和母亲做皮冻很简单，选择外相好、不带血渍的肉皮，这样熬出的皮冻透明清亮。肉皮洗干净，放锅里煮片刻捞出。在不烫手的情况下，趁热用刀把肉皮上的残油和脂肪刮干净，否则吃着口感油腻，不爽滑。清洗干净后重新放入锅内，加入少许料酒、生姜、葱，去腥味。再煮十分钟，捞出，把肉皮切成细丝，放锅里熬，水量视皮冻数量而定，这需要经验的判断，水多了不成冻，水少了皮冻口感硬，只有水适中，熬出的皮冻才有咬头又不硬。熬皮冻要大火烧开后，小火慢熬，皮冻逐渐变为白色。倒进备好的容器中，置凉处冷却，皮冻随时间凝结在一起。吃的时候，从容器边用刀划一条子取出，切成薄片，配上调料，味道十分鲜美。

皮冻不仅好吃，它内含大量胶原蛋白，减慢人体细胞老化，并具有利咽清热、增加血红素含量的药用价值。皮冻对于女士是万般宠爱于一身，它的天然美容地位无法撼动。

世界上的一切事物都具有相生相克现象，皮冻虽然味美，食用要有度。它的胆固醇和脂肪含量高，食用过多，对心脏病、脂肪肝、高血压、胆囊炎患者都是有害的。

我家兄弟姐妹多，熬皮冻要熬一盆。皮冻熬好，我们每个人都要夹一碗，上面浇上青酱、蒜泥，吃得十分惬意。

我虽然客居异乡，对家乡的美食仍然怀念，那一片皮冻、那一口蒜泥都是我心中的念想。成家后，我仿效母亲的方法，自制皮冻，几次的失败，让我摸索出其中的经验和奥秘。现在我自制的皮冻也像模像样，几次朋友登门，切上一盘皮冻，受到吃货好友的吹捧。

中国的美食博大精深，源远流长，我崇拜发明者的智慧，他们在不经意间就会发现美味的踪迹，让人类有机会和美食相处对话，了解它们的内涵和文化。

皮冻属于满族的又一大发明，由于生活特点和征战需求，靠着聪明和智慧，他们发明了诸多的特色食物，对北方的饮食文化和习俗产生很大的影响。

几十年过去，弹指一挥间，岁月流逝的痕迹里，美食的味道被隐秘地封存在记忆里。

山菜的野味

当你放慢生活的脚步、让心小憩的那一刻，生命最初追逐的浮华，已淡然离去，只有你品味美食的过程，依然伴随岁月而前行。

步入四月天的绿色季节，垂柳生烟，正是山菜茂盛之时，也是喜欢山菜者的最好季节。

北方人视山菜为珍品，百吃不厌。每天上学前，家长都会提醒带一把小刀子和袋子，放学和同学们成帮结队，到不远的菜社挖野菜。田间地头的山野菜长势喜人，苋菜、婆婆丁、小根蒜荬、苣荬菜、马齿苋青翠欲滴，竞相生长。山野菜口感好，更具有一定的药用价值，解毒祛火，这里山野菜是我们每天的战利品，菜地前面是大面积的田野，栽种的是大田作物。

那时菜社是集团企业，里面工作着大批菜农，负责城市居民用菜。当你走进田野，清风带来丝丝的甜，使人不自觉加快呼吸频率。由于没有发明棚种山菜，山野菜依然保留着原始的野味，闻不到一点化学气息。现在棚种山菜，只能称为菜，没有任何味道。那时，大自然带给我们的厚礼，就是我们向往的世外桃源，遗憾的是离我们渐行渐远。

在众多山野菜系列中，我们对苋菜比较青睐。四月正是其丰收季节，它生长周期短，菜体嫩，人们不失时机地采挖。苋菜有两种，一种翠绿色，一种紫绿相间，入口丝滑。它具有多种食用方法，比如凉拌，用途最广的当数苋菜蘸酱，煮一锅大楂子，或高粱米饭，捞二米饭，用鸡蛋、肉丝炸大酱，外加一碗捣蒜泥，这种食物搭配，美妙至极。

北方人吃饭离不开大蒜，每餐必备。北方男子汉一碟大蒜、一壶老白干，野菜蘸大酱，方吃出豪爽，吃出气魄。野菜蘸酱缺不了家下大酱，外边卖的大酱，似乎缺失一种味道。

新鲜苋菜吃不完，可焯水放进冰箱冷冻，吃时用开水烫一下，口感嫩，味道佳。用苋菜包大包子，更是最佳选择。方法很简单，把苋菜择干净，焯水剁成馅，把肉切成小丁，不要剁碎。锅里放油，把切好的肉丁放进锅里，大火炒八分熟，倒进容器放调料和苋菜。用发面或烫面包蒸饺，或蒸包子，苋菜的清香自然散发出来。余下的包子用保鲜袋封好，置于冰箱冷冻室，待吃时取出上屉再蒸一下，捣一碗蒜泥，淋上陈醋，浇几滴香油，吃一口，绝对是天下美味。

前年去新疆，途经戈壁沙滩，百里渺无人烟，吃饭选不到理想东北菜馆。开车很远，才发现一家有点规模的北方餐馆，老板却是地道新疆人。北方人习惯每餐都要蘸酱菜，老板很爽快地端过一盘，里面品种很全，我们跃跃欲试，准备大吃一场。结果让我们失望，没有家下大酱，总是吃不出家乡味道。大酱、大蒜对蘸酱菜如此重要。

我们享受美食本身，就是跟美食做朋友，了解它身后的文化、它的口味和那久远的故事。

山野菜的价值，美味只是一个方面，背后的文化现象也值得探索回味。

久远的味道

野菜在我国有上千年的历史，在《诗经》里就有"参差荇菜，左右采之"的记载。南宋诗人陆游在《杂感》中写道：

晨烹山蔬美，午漱石泉洁。

岂役七尺躯，事此肤寸舌。

古今文人墨客，包括帝王将相，对山野菜青睐有加。据说，杜甫喜春韭，郭沫若则喜欢二月兰，苏东坡偏爱苋菜，李白独钟蕨菜，张大千酷爱鱼腥草，郑和独宠金针菜，唐太宗热衷炒青笋，齐白石爱吃香椿芽，陆游喜灰菜，朱元璋喜吃白银如丝。而在历史上被定义为另类人的晋朝人张翰，为了口福之欲竟辞官回乡，就为能经常吃到莼菜。历史上流传的"莼鲈之思"典故，虽然是政治借口，但也难掩张翰对野菜的厚爱。不管什么品种的野菜，这清雅的人间滋味，各领风骚数百年，留下千古佳话。

古代文人、帝王喜吃山野菜，并不是大众的果腹度灾年，而是上升到一种情调和品味。

山野菜带给我们很多思考，它的精神顽强而坚韧，似一个绿色使者严守着信诺。每年的固定时间，给人类带来美味和福音，从未改变，这是山野菜的高尚情怀，值得人类去学习。

自制红肠

老舍先生曾说，即使活到八九十岁，有母亲便可以多少有点孩子气。失去慈母，便像花插在瓶子里，虽然还有香有色，却缺少了根，有母亲的人，心里是安定的。

我出生于哈尔滨，如今虽然身处异地，却永远走不出故乡的春天。哈尔滨的地方饮食文化，决定了人们饮食特点，受俄罗斯影响，熏制烧烤也加入了哈尔滨人的饮食结构。

哈尔滨是一个历史悠久的城市，原名叫晒网场，或打鱼泡。历史上的松花江流域，世居以女真族为首的十几个少数民族。女真族于1115年建立了金国，四百年后，以女真人为主体形成了满族。十七世纪前后，满族在首领努尔哈赤的带领下，在今辽宁重新建都立国，国号仍为金，后努尔哈赤之子皇太极改国号为清，改女真人为满洲。1644 年，满洲八旗入山海关，建立了中国最后一个王朝清朝。

松花江流域是金、清重要发祥地，使哈尔滨更具文化底蕴。随着大批异域侨民涌入哈尔滨，经过缓慢的历史周期，衍生出中西合璧的文化现象，尤其是俄式烤面包、大列巴深受人们喜爱，中西食品文化已拉开序幕。

这让我想起作家萧红、萧军的生活画面，他们在欧罗巴旅馆时，有一段话写道："晚饭就在桌子上摆着，黑列巴和白盐。"那时萧红经济拮据，失去自尊借来的钱，只够换几块黑列巴。萧红的文集有这样的描述："这还是清早，过道的光线还不充足，可是有的房间门上已经挂好列巴圈了！送牛奶的人，轻轻带着白色的，发热的瓶子排在房间的门外。这非常引诱我，好像我已嗅到了列巴圈的麦香，好像那成串肥胖的圆形点心，已经挂在我的鼻头上。"虽然我国在万历年间就有制作面包的技术，由意大利传教士利马窦传入中国，但局限于宫廷，并没太大发展。萧红所处的年代，面包制作技术已趋于成熟。各种面包食品在俄式基础上得到创新，这是中西文化的过渡，这种融合，使得人们接受西式的习惯形成一种潮流。从饮食特点到宗教信仰，俄罗斯在哈尔滨建立了大大小小若干个教堂，包括佛教、天主教、基督教新教、东正教、犹太教、伊斯兰教六种宗教形式。现在位于道里区的索菲亚教堂就是代表作。

随着经济文化进一步交流，1913年，里道斯红肠被正式引进中国。当时，由一个叫爱金宾斯的技师，把制作里道斯的技术传入中国，最早生产里道斯的企业是哈尔滨肉类联合加工厂，也就是现在著名的哈肉联。哈尔滨红肠俄文译音为"里道斯"，两者同属一个概念。也有其他多种说法，我不探究，哈尔滨里道斯引进中国，这是最大的收获。

随着制作技术的发展，里道斯深入每个家庭，每逢佳节，屋内、厨房挂着的都是色彩诱人、香气四溢的里道斯。

我家也有制作里道斯的习惯，它的制作并不复杂。松花江优越的原生态环境让里道斯的原料精良，可肥可瘦，没有任何添加成分。每年家里做里道斯都选择肥瘦相间的猪肉，买世一堂的灌肠料。肉绞成肉馅，加少许白糖，兑一点酒，放入一点

水。料放进肉馅里搅拌均匀，用灌肠机器把肠衣套在灌肠机嘴
上。肉馅用勺子倒在机器口上，用手摇动，肉馅自动灌入肠中。
按一尺左右大小，边灌边扎口。完成好的干肠挂在厨房的绳子
上晒干，放锅屉蒸，四十分钟左右完成。另外一种里道斯香蕉
肠，则用水煮熟，大小类似于香蕉，可切成片状，就饭吃。两
种肠均可用保鲜袋包裹好放入冰箱，没有冰箱可放阴凉干燥处
保存，能放很长时间。

　　现在每年回老家，我都会带回一些自制里道斯红肠或者干
肠，馈赠朋友，这已形成多年习惯。

　　如今岁月更迭，人生已老。家乡自制红肠，给我的生命涂
抹了一层绿，我想起侨居哈尔滨的诗人涅捷尔斯卡娅的诗：

　　　　我经常从梦中惊醒，

　　　　一切往事如云烟再现。

　　　　哈尔滨教堂的钟声响起，

　　　　城市裹上洁白的外衣，

　　　　无情岁月悄然逝去，

异国的晚霞染红了天地。

我到过多少美丽的城市，

却比不上尘土飞扬的你。

苏波汤的缘

翻开走过的岁月，在时光中晾晒，唯一不能忘怀的仍然是让你沉醉的美食。苏波汤是我习惯中的味道，北方人对苏波汤的认知由来已久，成为心中公认的美味。

我们在西餐厅吃到的罗宋汤，是苏波汤的前身，为发源于乌克兰的一种浓菜汤。北方人称它为苏波汤，"SOUP"，俄语译音为"汤"。苏波汤不仅好喝，内含的胡萝卜素、钾、磷、钙、钠多种维生素，对人体大有益处，并能预防衰老，有防癌治癌、降脂降压功能。

汤，也是一种菜肴，查找资料，我国在远古就有汤出现。汤在古代被称为羹，传说在尧舜时代，就有汤羹这种食品，《史记》记载，唐尧经常吃用豆叶煮成的羹，叫作"藜藿之羹"。唐

久远的味道

尧死后，虞舜继位，虞舜吃饭时，常常端着一碗羹，出神地想念唐尧。在恍惚间，唐尧在羹碗里，看到了唐尧微笑的面容，连对面墙上也出现唐尧向他招手的形象，于是后来人们用"羹墙"一词表示对已故先辈的追念。

究其汤的历史，每个国家都有各具特色的汤谱，如法国的洋葱汤、俄罗斯的罗宋汤、意大利的通心粉肉汁菜汤、英国的咖啡汤、美国的鸡面汤、日本的面豉汤。

北方人的饮食特点，和南方人饮食结构有些不同，各种炖菜才是北方人的追求。苏波汤虽然叫汤，北方人却把它当作菜，一种很好吃的菜。它简单的操作、酸甜相融的味道、精美的颜色、似凝固的宝石玉液，深受人们喜爱，它的鲜香随着味觉，被无限加深放大。

苏波汤有两种。一种是肉汤，食材有西红柿、土豆、牛肉、大头菜、白糖。把西红柿、土豆、牛肉洗净切块，大头菜可切块，可切丝，按个人意愿。切好的牛肉块，放入沸水中，去掉血色后捞出，放入冷水中浸泡。锅二次放水加热，把土豆、大头菜、西红柿放锅中翻炒，西红柿去皮，口感更柔软。之后，向锅里放番茄酱、少许白糖，炖三十分钟，鲜香酸甜的苏波汤完成。喜欢酸味微重的，可多加番茄酱。

做素苏波汤原料和肉汤基本相同，只是没有肉的参与。素苏波汤略有不同的是起锅时，放入少许香菜末，或将鸡蛋打散，淋在汤里，增加味道。

两种汤做法简单，各具特色，素苏波汤的颜色更胜一筹。红绿相映的画面，打破鲜汤固有的沉寂，似乎更热闹起来。这是色美的惊人魅力，两种汤综合考量，素苏波汤更适合家庭。

现在，喜欢辣汤的人们很多，汤里加一些青辣椒，调味调色，在酸甜基调上又增加一种辣的元素，汤色多姿多彩，味道酸辣有加。

我喝了多年的苏波汤，各种主食在它的搭配下，都被咀嚼成一道风景。多年来，苏波汤一直是我的必备。我虽身居异地，它却一直不离我左右，朋友来家里做客，点名要喝苏波汤，我也将做法教给"汤粉"们，美味与大家分享。

如今汤类多如牛毛，我首推当数苏波汤。虽然是舶来品，但经过改进，已经是我们固有的汤系。

　　苏波汤是中西交融的产物，中国的大厨有着一双智慧的眼睛，在生活的任何角落都能发现美食的存在，即便是固有的食物，在他们手中也能更加完美。

　　我把苏波汤放在心灵不被噪声侵扰的地方，留待静夜中慢慢回放。

片 汤

"片汤"这个词汇对许多人都很陌生，不知是哪路神品，不过，二十世纪五六十年代的过来人都深谙它的故事。

片汤是由面粉做成的主食，很有味道。北方属于中温带大陆性季风气候，冬长夏短，气候干燥，寒风无情地吸干人体的水分，冷酷得不讲任何情面。早上起床，窗外缀满冰花，一碗热片汤，补充了冬夜缺失的水分，增加体内的热量，这是一个幸福的过程。

抻片汤不同于手抻面，它有自己的规则，和面、揉面、抻片都有讲究，面放盐，要和得软硬适中，恰到好处，更要醒好。揉得均匀，这样抻出的面片口感松软，不失筋道，入口爽滑，汤汁鲜美，片汤面积有大有小，边缘参差不齐，薄如蝉翼，给人不规则的视觉美。

如果偶感风寒，吃一碗热片汤，躺在烧热的炕头上，以一盘蒜茄子、一盘韭菜花佐餐，有条件再浇注一些蒜泥。吃得隆重，却感觉置身于桑拿室，顿觉神清气爽，一次治愈风寒。

我对食物本身并没有夸大含义，一些中医老者，肯定了食物对人体的药用价值，这是多年经验所得。

片汤有肉片汤和素片汤，素片汤食材可搭配土豆、大白菜、酸菜等，锅烧热放葱末、蒜末，炒至微黄，放入配料继续翻炒，放水，小火炖至七分熟，把面片撕到锅中，小火炖片刻起锅。有泡好的干虾可入两只，没有干虾可放少许虾皮，喜欢辣子，可放一点调味，根据个人口味，适当选择，这样的素片汤，悠然入口，鲜香四溢。

做肉片汤，食材很重要。首先要把配菜备好，小白菜、黄瓜，或绿叶蔬菜都可做配菜，根据口味，随意增减，切成细丝备用，用温水泡几朵黑木耳，把和好的面放在面板上，擀成大张面饼，面擀得越薄，抻出的片汤，口感越好。

把肉丝放入沸水中焯一下，去掉腥气，锅刷净，烧热，放油。肉丝放锅里翻炒，加调料，放水，待水沸，把擀好的面用手慢慢抻，到最薄的程度，撕下来放入锅内，抻完为止，效果好坏要看手的功夫。把切成丝的绿色配料，放入片汤中，上置几朵黑木耳、香菜末，滴几滴芝麻油。汤中泛着点点的油花，我想到了夜空中的星星，思绪向远方延伸。

筷子游走于山水中，似经历一次视觉和精神上的旅行。弟弟问我，这么好吃的片汤应该感谢谁？我说感谢农民。弟弟说，不对，应该感谢麦子，有了麦子才有片汤。我笑弟弟的天真幼稚。

《齐民要术》这样描写片汤："馎饦，挼如大指许，二寸一断，着水盆中浸。宜以手向盆旁挼使其薄，皆急火逐沸熟煮。"片汤是面粉创造的又一次传奇，大厨们在人类美食文化中，创造了无数的惊叹，芳香永世。

柞椤叶饼

　　闺蜜永清从鲅鱼圈带回几捆柞椤树子，它是制作柞椤饼的重要食材，来自山中的珍肴。初识柞椤叶饼是在营口大表姐家，十几年不曾遇见。美味留下深刻记忆，如今相见，倍感亲切。

　　柞椤叶是柞椤树的叶子，树学名槲树，属壳斗科落叶乔木，其冠体高大，叶子大而繁茂，枝杈向外伸展。别名柞栎、橡树、青冈、金鸡树、大叶柞椤。

　　柞椤树用途广，因其材质坚硬，耐磨损，纹理细腻，是高档家具的理想材料，用来做饭桌、衣柜、椅子、炕木等。叶子可用来饲养柞蚕，皮和果实均有药用价值。林区的山民们，靠山吃山，广阔的山林，岭木，山珍野果，养育久居深山的人们，这是大自然的慷慨馈赠。长年的发掘、积累，形成林区特有的饮食文化，经过百年延伸，构成特殊饮食系列，桲椤叶饼正是这种饮食文化的结晶，从简单的做法发展到现在的多种吃法。

传说，明朝将领戚继光率领以浙江义乌人为主力的"戚家军"镇守山海关，南方士兵多吃不惯北方的食物。戍边士兵生活艰苦，粗粮较多，军中大厨摸索出制作桲椤叶饼的方法，每当长城沿线桲椤叶鲜嫩时制成饼，称为长城桲椤叶饼，粗粮细做，改善伙食，用单一的山野菜做馅，用粗粮面做皮，外层包裹桲椤叶。

现在桲椤叶饼逐渐遍布各地，已发展多种馅料、多种面粉，成为系列产品。我对桲椤叶饼情有独钟，没机会实践其做法。永清带来的桲椤叶让我兴奋，良机不可错过。把桲椤叶洗净，去掉根部硬茎，用盐水浸泡十分钟，除菌。猪肉切成小丁，放入酱油、食盐、鸡精调味。苋菜洗净，沸水烫一下，捞出剁碎，放入肉馅中，加入五香粉、葱末、姜末、蚝油、香油、植物油，顺时针搅拌均匀。

面粉和淀粉按适量的比例加水，呈黏稠状，把面糊涂抹在大梓椤叶上，也有小梓椤叶中间。放拌好的肉馅，两边横对折，边缘轻捏一下，淀粉黏度正好可以收紧缝隙。放入蒸锅，凉水上锅。一个压一个斜立着，防止遇热开口。蒸二十分钟左右，再焖两分钟出锅，熟后的梓椤叶饼成了一个个绿色扁元宝，散发的柞香，萦绕于空间。我们用心制作的梓椤饼，奇香中掺杂着情感、汗水和乐趣，别有味道，我把它盛放在黄色餐盘中，白色餐桌上伫立着几枝淡粉色的玫瑰，它们也许被香气感染，又绽放一朵玫红。

制作一道美食，等于上了一堂人生课，让你领悟其中的奥妙和道理。

北方山里，人们利用梓椤叶包粽子，煮熟的粽子剥开外皮，叶子纹理遍布全身，红色小枣、奶色糯米、淡绿色叶子，让人浮想联翩。

蒸豆包、撒年糕用梓椤叶做笼屉垫叶，叶子特有的异香糅进年糕豆包中，清香开胃，更带来味觉美的享受，据说，此方法有延年益寿之功效。

我和永清尽享劳动成果，倒满两杯葡萄酒，又榨两杯鲜橙果汁，助兴美食一定少不了饮品的参与，餐具、美食、饮品三者交相借力生辉，伴着夕阳西下和闪烁的夜空，柞香填满心的宇宙，吃得开心惬意。饱餐后的绿茶，带我们进入人生的佳境，品味柴米油盐茶酒花的恣情快意。美食，美景，美的遐想，真正的诗意人生，这是一次难忘的晚餐。

玉米面疙瘩汤

晓墨下午打来电话，跟我说晚上回家吃饭，并特别强调要吃玉米面疙瘩汤。她在工作时间打电话安排晚餐，看来真的想吃这口了。

玉米在北方属高产作物，生长期短，适应性比较强。人们所处地域不同，饮食习惯变化非常多。玉米各地吃法繁多，玉米面包、玉米粉条、玉米饴糖、玉米挂面，还有玉米蛋白饮料、玉米银杏酒、方便面罐头等众多玉米食品应运而生。

夏季时，北方大地广阔，生长的玉米排列有序，一片片相连，形成天然的青纱帐。在骄阳拥抱中，闪着绿中泛白的光，撩人的景致醉人。

中学时代，读过诗人郭小川的诗《青纱帐甘蔗林》：

看见了甘蔗林，我怎能不想去青纱帐！

北方的青纱帐啊，你至今还这样令人神往；

想起了青纱帐，我怎能不迷恋甘蔗林的风光！

南方的甘蔗林哪，你竟如此翻动战士的衷肠。

哦，我的青春、我的信念、我的梦想

无不在北方的青纱帐里染上战斗的火光！

哦，我的战友、我的亲人、我的兄长

无不在北方的青纱帐里浴过壮丽的朝阳！

哦，我的歌声、我的意志、我的希望

好像都是在北方的青纱帐里生出翅膀！

哦，我的祖国、我的同胞、我的故乡

好像都是在北方的青纱帐里炼成纯钢！

诗人郭小川在青纱帐里打过游击，对它有不同于一般人的感情。1986 年，长影上映一部影片《田野又是青纱帐》，具有神秘色彩的青纱帐从此成为我心中的疑问，后来，在父亲和老友柳叔叔交谈中，我道出心中疑问，方知青纱帐是青纱制成的帐幕或床帐。在清晨和傍晚时分，你站在远处观望成片玉米地，雾蒙蒙似青纱围成的帐幕，与风飘舞，故称青纱帐。我曾置身青纱帐进行体检，穿行于玉米地，几个人只闻其声，不见其影。

玉米疙瘩汤和玉米面手擀面条，这是我最钟爱的两种美食。那个时代，玉米面作为主食，随处可见，不存在有机、无机的概念。农药还没问世，花很少钱买一袋子玉米面，再买黄豆掺在一起磨成粉，蒸窝窝头，做油炒面，都是很好的选择。玉米面加少许白面做手擀面，筋道润滑，放入北方大酱、大蒜调料，食欲大增。玉米面疙瘩是难得的美味，制作过程很简单。土豆切成条形，筷子粗细，用油炒至金黄色，放少许生抽和调料。玉米面放容器中，用筷子搅拌成碎疙瘩状，玉米面粗糙，容易成小疙瘩，把成形的玉米面疙瘩放锅里，用勺子翻动，免得煳锅，加水煮。鸡蛋打入容器里，快出锅时，沿锅一圈浇在汤里。放点香菜末，西红柿用开水去皮，切成条，同放锅里。

滴几滴芝麻油，喜欢辣椒，可放一些辣椒油或辣椒酱，吃一口，爽得淋漓尽致。

地理环境造就了饮食文化，家中的味道会代代相传。

异域风味

　　我的恩师高维生先生，受省散文协会邀请，从山东滨州来沈阳，举行个人新书发布会，庆祝《悲情萧红》出版问世。

　　老师现生活在滨州，从小却在延边长大，那是朝鲜族聚集地，生活习惯和饮食喜好受其影响，极为接近。老师最喜欢的食物是朝鲜族大冷面，我反复斟酌沈阳几家有名气的冷面店。从环境、服务、味道到厨师技艺，朝鲜族一条街的西塔大冷面店，堪称首选。

　　冷面店前面加个"大"字，说明它综合能力的过硬。我和朋友慕名吃了几次，大家反响很好，认为是沈阳冷面界的第一。

　　西塔位于沈阳市和平区西北部，属于老街区，有上百年的历史。始建于崇德五年，顺治二年（1640）完工。沈阳四塔，也称盛京四塔，清军入关前，清太宗皇太极在沈阳敕建了四塔四寺，这四塔四寺布置匀整，结构严谨，互相映衬，是自成一体的建筑群。寺内碑文记载：东塔是历史上沈阳八景之一，名曰东塔春耕，东塔永光寺，取义慧灯普照，五福斯来；南塔广慈寺，取义风调雨顺，普安众述；西塔延寿寺，取义为虔祝圣寿，万民安康；北塔法轮寺，取义为流通正法，护国安民。清初建的四塔四寺，是依据藏佛教喇嘛的建议。天命六年（1621），努尔哈赤在辽东曾礼遇从科尔沁到后金来的藏族大喇嘛囊苏。据《满文老档》记载："是日，科尔沁老人囊苏喇嘛至。入汗衙门时，汗起身与喇嘛握手相见，并坐大宴之。"努尔哈赤给予囊苏喇嘛以优厚的待遇，使他很受感动，几次来到辽东，两人建立起深厚的友谊。皇太极继位后，对喇嘛尊敬有礼，西藏喇嘛认为盛京是莲花盛开的佛国佛境，应加以守护，使之成为圣城，四座塔寺连起来，形成圆环，将皇城及皇宫环抱其中，使京城不受侵害。对于四塔寺，民间流传很多故事。

　　西塔数年来是朝鲜族聚集地，商业一条街具有典型的朝鲜族特色，我与老师走进街区，边走边观看。

西塔大冷面是朝鲜传统美食，口感筋道，清凉入口，味道浓郁。大冷面店是典型的韩式装饰风格，从墙上挂的画，到方桌长凳，无不流露出韩国元素，让人有着不一样的感受。时间已过饭口，人并不多，我们选在安静的里侧坐下来。

服务生拿来菜单，老师点了一碗常规荞麦冷面、几碟小菜。老师向我讲起延边朝鲜族风土人情，其饮食特点以辣为主，又介绍朝鲜族打糕的做法，以及他们的饮食文化。饭菜很快上齐，老师品咂冷面，又多放了一些桌上的调料，接着品尝两口。我问老师，是否吃出了传统味道？老师笑了笑说，食物离开故乡，味道也会发生变化。虽然是名店名厨，在烹饪的过程中，身处异地的厨师，情感不免有所改变。老师的讲解对我启发很大，这就是人与食物的默契。

美食让人了解了历史，体验又一种文化，领略不同的风土人情。探究异地的风俗，这才是美食的魅力。

酥 饼

2013 年 11 月 26 日 6 点 40 分，我的父亲因心脏病，停止了呼吸，享年 84 岁。

那天，阴云把太阳遮住一大半，空中刮着北风，天气显得异常寒冷。早上八点钟，弟媳打来电话，告知父亲生病住院，催促我急速回哈，放下电话，我马上准备随身携带的物品。原定两天后回哈，票已订好，我还去稻香村买了几种香酥饼和几袋炒面，这是父亲喜欢的食物。在路上，从女儿口中知道父亲已离我而去，心像被撕碎一样。当天傍晚，我们从沈阳赶到了哈市。我没有回父母家，直接去了殡仪馆。父亲躺在装殓的棺椁里，望着父亲，面孔依然安详，似乎是在小憩。我双腿跪在棺椁旁，把几样酥饼放在边上，生怕惊醒熟睡中的父亲，我轻声呼唤着，爸爸我回来看您了。父亲没有回应，泪水模糊双眼，和父亲共同生活的画面，浮现在眼前。

我们兄弟姐妹五人，加上奶奶、父亲、母亲，共是八口之家。全家人靠父母的工资生活，虽然比较紧巴，但十分温馨。父亲那时是学校校长，工作十分繁忙，学校和家里相距很远，平时只能住单位。周日休息才能回家，家里全靠母亲一人打理。

父亲非常理解母亲的辛苦，休息日会帮助做一些家务，经常听到父亲对母亲说，我知道你累，别总那么拼命地忙，要适当休息。母亲听了会心一笑。奶奶经常对亲属和邻居说，她有一个好儿子和好儿媳，母亲十分孝顺。父亲是奶奶和母亲之间的情感联络员，非常合格。奶奶笃信佛教，很虔诚。记得有一年除夕夜，她在佛堂诵经，姐姐淘气跑入佛堂，往奶奶脸上涂胭脂。奶奶反手两个大嘴巴打在姐姐脸上，姐姐大哭起来。父亲闻声跑过来，知道挨打的原因。奶奶生气坐在一边，按当地风俗，除夕夜不能哭，会一年不吉利。这时父亲碰了一下母亲手，母亲心领神会，当即向奶奶深鞠一躬，与父亲齐声说，妈妈别生气，孩子不懂事。没等父亲说完，老人收起脸上的不快，问道，我把孩子打疼了吧？父亲说，孩子失礼，应该教育，这是我们的责任。

父亲把姐姐叫到身边，用手揉着小脸说，以后要懂礼貌，尊重奶奶信仰，不要打扰她诵经，长大后，你会知道今天的行为是失礼的。从那以后，姐姐再也没犯类似错误。三年自然灾害时，粮食紧缺，家里人口多，孩子都处于长身体时期，饭量大，吃饱饭已成最大满足。母亲经常做杂粮面菜包子，一天，破例蒸纯玉米面包子，馅是采摘的山野菜，里面放了很多菜籽油。大家高兴极了，锅没有打开，诱人的香气已扑鼻而来。兄弟们用筷子敲着碗，等难得的美餐。饭锅掀开时，玉米面包子冒着热气，我们拿着碗，迅速围过来。

父亲示意母亲给邻居邵叔叔送去，剩下几个包子，每个孩子一人分半个，我们几乎哭出来，哥哥实在忍不住，问父亲为什么要这样，父亲语重心长地说，孩子们，我知道你们很想吃包子，我也想吃，你们想到没有，邵叔叔常年卧床，久病不起，已经很严重，他家里有上顿，没下顿，给他增加一些营养，对他身体很重要。你们想想，给叔叔送去对不对？我们无声地点着头，心里十分赞成父亲的做法。后来，每到吃饭时候，都自觉省下食物送与邵叔叔。邵叔叔在临终前，握着父亲手，气息微弱地说，大恩大德，来生必报。

父亲对待朋友和身边人十分真诚，他乡下亲属多，和我家经常走动，父亲总是热情相待。有一位远房亲属得了肺结核，来到家里，在父亲资助下住进了医院，此病具有很强的传染性，我们劝父亲注意自己的身体，他却说，现在病人需要我们帮助和照顾，与之相比，什么都不重要。他亲自买来鸡、肉、鱼等营养品，吩咐母亲做肉，熬鸡汤，亲自送饭，我们不理解父母的做法，事后，父亲批评我们，他说，不要以权力和财富衡量人，别人需要你帮助的时候，一定不要袖手旁观，这是做人的准则和美德。父亲对我们的教育从点滴入手，于细微之处教导我们如何做人。

哥哥小时候很淘气，和小伙伴玩耍常打架。一年冬天，因为玩冰杂，打哭了捣乱的小朋友，父亲严厉地批评哥哥，并带着母亲用甜菜做的糖，带哥哥去道歉。哥哥不服气，认为自己没有错，为什么要道歉？父亲认真地说，打人是不对的，要学会宽容忍让，不要针锋相对争输赢，要看别人长处，原谅他人过错。这件事对哥哥影响很大，至今记忆犹新。

　　小时候，我们贪玩，作业总是马虎，应付过关，不求甚解，一篇作文错字病句连篇，对此，父亲总是耐心指导，并告诉我们，少年时期学到的知识，似石板雕刻一样坚固，风吹雨打磨损不掉，因此要重视基础性学习。为提高我们学习质量，培养热爱学习好习惯，他经常用通俗易懂的语言，编一些趣味浓厚的历史小故事吸引我们，茶余饭后抽时间和我们一起玩耍，于不经意间提出一些问题，答错了奖励一个弹脑门，结束后每人分一块香甜的炉果。父亲的教育让我们形成了自主学习的好习惯，似修剪的小树，茁壮成长，如今都事业有成。

　　父亲年事已高，他和母亲拒绝与子女一起生活，说彼此不方便，孩子们要有自己活动空间。我们不放心老人，在乡下找了丈夫故去的小张照顾二老。有天午饭刚过，小张蹲在厨房地上哭泣，母亲不解地问原因，原来是女儿弄丢了手机。在家庭困难的窘况下，买手机是一笔不小开支，手机是她与女儿联络的工具，父母二人商量后，给她女儿买了一部新手机。每逢佳

久远的味道

节，都叫上她女儿来家里。小张家常饼烙得好吃，知道父母喜欢这口，换着样做。后因其母亲病重，离开我家。小王接替小张，父母在闲谈中得知她儿子做买卖贷款，高额利息压得她透不过气，二老商量，预付小王两年工资，还清了贷款。感动之下，小王执意认父母亲为干爸干妈，我们子女都尊重二老的爱心选择。小王无以回报，把多年制作酥饼的技艺搬出来。她烤制的酥饼外酥里软，香甜润喉。二老百吃不厌，我们也很满意。

父亲喜欢读书，尤其古诗词，经常带弟弟和侄儿去书店，看到有价值的书，爱不释手，嘴里不停叨咕好书，脸上挂满微笑。

父亲退休后，时间宽裕了，可以阅读大量文学书籍。每天凌晨四点左右，书房映现出他读书写字的身影，六点去户外锻炼，生活很有规律。他常说，要有一个好身体，不能让孩子们受累。

我探亲回家，每次与父亲聊天都有大收获，他在学习上敢说真话，对阅读过的每篇文章和作品，都能直言不讳提出自己观点和见解，不考虑对方什么地位，什么身份。在文学上一丝不苟，为求证一个观点或是文字的可靠性和真实性，不惜花费时间，翻阅大量资料达到有据可依为止。

　　我看着棺椁中的父亲，痛不欲生，双手拍打着棺盖，声嘶力竭。那天很阴冷，大片雪花从我泪眼前飘落。我真切感受到，父亲丢下我们，永远地走了。

　　第三天，告别大厅摆满父亲生前喜欢的鲜花，我也把老人家喜欢的酥饼摆放在大厅的台案上，让父亲走饿了，补充一下能量。为父亲送行的有七八百人，一个朋友对我说，这么多人来送老人，可见他的德高望重。在整理遗物时，看到父亲为我们准备好的一本文集，是根据我们不同性格写下的楷书条幅，没来得及送给我们，就匆匆走了。

　　父亲的灵魂植根于我们血脉中，他挂着笑容的脸，一直浮现在眼前，每天都能听到他富有磁性的声音。

苏子月饼

再群从老家捎来一盒月饼，个头很小，制作很精致。月饼上盛开的牡丹花，富贵而典雅，栩栩如生，灵细而美妙，流淌出生命的气息。

一块香甜的月饼，它的观赏性和文化理念很重要。月饼是人们与月亮进行情感交流的媒介，生活中的人物、动物、花卉和祝福语言，这些传统符号用图案的形式反映出来，表达人们对于幸福、美好、长寿的一种渴望。

月饼模，也称月饼印，是月饼图案的制作工具。源于宋朝，后世以明清、民国时期的居多，月饼图案丰富多彩，根据个人喜好和需求制定。

月饼最早叫胡饼，又叫月团、丰收饼、团圆饼，是古代中秋祭拜月神的供品，后成为中秋佳节的美食。

史料记载，殷周时期就有一种纪念太师闻仲的边薄心厚的太师饼，是月饼的始祖。汉代张骞出使西域，引进芝麻、核桃，丰富月饼的食材，出现了以胡桃仁为馅的圆形胡饼。中秋节吃月饼，据说始于唐代。中秋节新科进士曲江宴时，唐僖宗令人送月饼，赏赐进士。

月饼在宋代文字中，没留下可寻的痕迹和线索，到明代，月饼和中秋联系起来，明朝文学家田汝成《西湖游览志馀》曰："八月十五谓之中秋，民间以月饼相遗，取团圆之意。"

到了清代，月饼名目繁多，品种翻新，有了更多记载，最有名的当数月饼山，清乾清宫供月御案的月饼山，数十层之高，最底层直径有数十尺，重量达二十余斤。月冰山呈宝塔形状，从下往上，由大至小，顶尖的小月饼，两寸长，名曰"挑顶月饼"。

月饼经过历史的演变和发展，今天已形成五大派系。月饼蕴含的历史故事、民间传说，以及历代文人墨客诗书画，自成一种文化。长期的历史积淀，影响着人们的情感。

　　每年中秋节，人们都会品尝一些月饼，这是中秋佳节不可缺少的特有食物。我第一次品尝苏子月饼，带有强烈的新鲜感，吃一口，独特味道浸染全身。

　　苏子是药材，在我国医药史上享有盛名，流传着紫苏与华佗的民间传说。紫苏的味道独特，又有药物的功能，用紫苏做月饼，是一次大胆的创新。

　　每年中秋之夜，庭院寂静无声，父亲吩咐我们把吃饭的圆桌搬到院子中央，摆上几样水果，诸如苹果、葡萄、西瓜。那时物流没现在发达，一些南方水果没机会在北方见到，只是常见的几种果品，所以有时胡萝卜、绿萝卜也被当作水果食用。母亲为烘托气氛，增加节日的喜庆，会给餐桌铺上带花纹的塑料布。中间摆着一盘月饼，每块切成四瓣，周围是水果碟，西瓜切成莲花状，圆形的西瓜寓意团圆，沏上一壶绿茶。家人围坐一旁，享受团圆的幸福，赏月聊天，凝神听父亲讲中秋月饼节的由来，听唐玄宗与杨贵妃赏月的故事。

　　　　皓魄当空宝镜升，云间仙籁寂无声。

平分秋色一轮满，长伴云衢千里明。

这是唐代李朴的《中秋》，父亲向我们分析诗的含义，回答我们提出的几十个为什么。

皎洁月光下，观望月亮，其中隐约的影像，似有似无，是住在广寒宫的嫦娥吗？这一直是我们年少时期的疑问。

多年来，月饼从美味到文化，已融入人们的生活，是溶在嘴里、甜在心里的一种思念。中秋品味月饼，咀嚼饮食文化，顺便带给我们思考。

心中的印痕

　　回老家探亲的第二天，我和妹妹逛街，走进位于南岗区的秋林公司，家人都知道，我对酒糖特别有感情。

　　酒糖是把多种曲酒酿灌于糖果之中，糖的雅致和酒的馨香交融在一起，形成别样风味，素有糖果之圣的美誉。

　　酒糖形状，类似于酒瓶的缩小版，也似去掉顶尖的子弹头。外衣是薄巧克力，中间是奶色的糖，里层是酒灌注的糖芯。外包装带有"玉泉"的字样，此酒获得中国优质白酒的殊荣，是黑龙江特产中的名酒，以酱香醇厚、清冽甘甜、韵味绵长著称。

　　记忆中，过去走亲串友的礼品，大多是奶粉、罐头、槽子糕、糖果、地产粮食酒，酒糖是糖中之最。每次送走客人，小孩子们总心想着能分到几块酒糖。那个年代，食物匮乏，零食单一，且少得可怜，大萝卜、胡萝卜变为水果，小孩子依旧吃得满足。酒糖是当时最时髦的掌中零食，一块酒糖足以骄傲一天，酒糖外包装是色彩艳丽的糖纸，里面是闪着银光的锡箔纸。酒糖用铅丝细绳捆绑，很结实，在外力作用下，酒糖顶端出现了参差不齐的花瓣形状。剥开一颗，轻启牙齿，巧克力糖溶化在口中，糖芯的美酒似一条溪流，流淌出来。糖的浓香和佳酿撞击一处，在口中肆意扩散。

一张糖纸摊开、抚平，叠得整齐，夹在书中去皱，放学还会检查糖纸是否被别人动过。母亲说，这种小聪明若用在学习上，就不会让我操心了。

客人送来的酒糖，保存在母亲的箱子里，待我们学习有了进步，作为奖品鼓励。

少年时，我有一个木制小罐，这是奶奶送给我的礼物，棕黄色的外表，雕刻着栩栩如生的兰花，淡雅沉静，君子之态。一次爸爸的老友无意间看到了木罐，评价这是用珍贵的木料加工而成，从木质软硬度、柔润度和细腻程度，鉴定是黄花梨木。我经常用软布擦拭，这个小罐是我的贮藏箱，装着积攒下的零用钱，日积月累，装满一罐。我的钱除去购买电影票，余下的用来购买马迭尔冰棍和酒糖。酒糖价格很贵，买几块，小金库零钱见底，自感心疼，但酒糖的奇妙感觉，让人放不下。

　　每逢节日，客人串门，主妇端一盘酒糖，沏一壶茶水，外加一碟瓜子和花生，方显尊贵和重视。一些经济比较富裕的家庭，在喜庆的婚宴上，在果盘中摆上几个酒糖，人们会发出啧啧的赞叹声。至今，每次回家探亲，我都会带上酒糖、大列巴、红肠，分给朋友们。酒糖是最受喜爱的，一颗酒糖置于口中，慢慢咀嚼，细细品味。如今，经济发达，各种零食琳琅满目，巧克力更是名称繁多，尽显特色，萝卜、胡萝卜作为蔬菜，悄悄从零食行列退役，躲到了幕后。

　　生活在这个时代是幸福的。酒糖和酒糖的故事，是扎在我心中的印痕。

生家油坊

　　一进腊月，乡下表叔都要送几桶笨榨大豆油。我吃着老油坊的油长大，早已习惯它的味道。

　　每年除夕夜，母亲用大豆油炸丸子、煎鲫鱼、炸豆泡。油的香气，弥漫空间，满室飘香，锅里的油花肆意翻滚，形成数个小漩涡，似彩珠滚动，发出荧光点点。母亲赞叹油的味道纯正，不串烟，不起沫。父亲不以为然摇着头，嘀咕着没有老家油香。父亲的感慨让我们心生好奇，不知老家是什么奇油，让父亲这样挂心。面对我们提出的诸多疑问，父亲招呼我们围坐桌边，讲述先祖的陈年旧事。

　　生家油坊是曾祖留下的产业，正是父亲经常念叨的老油坊。先祖本姓微生，远祖追溯到周文王，出自姬姓，据《路史》

记载：鲁公族有微生氏。微生氏是周文王后代，多居住在鲁国，微生氏来自贵族，据说生在微生家是荣耀，后简化为生。

先祖原籍为山东省登州府蓬莱县生家庄人，生家户大，人口众多，生氏家族由齐鲁传世已近千年历史，此庄百分之九十以上姓生，孔子弟子微生高、鲁国隐士微生亩，均是微生氏祖先。

生家家谱有两句对联：溯源流当求齐鲁根业地，考支派莫忘蓬莱种族生。据载，1785 年，山东连年大灾荒，百里赤地不毛，人皆相食。生氏家族贫困者，皆逃荒于省内灾荒较少而能度日的市县或地区，一部分则逃往临近省区和东北。

1857 年，御史吴焯上奏咸丰帝，黑龙江城北迤蒙古尔山地方有荒地一百万余垧，肥沃平坦，可开荒耕作。

1859 年，山东又连续遭受灾害，先祖听说有人闯关东，在黑龙江省开荒垦田，扎下根基，与族人商量，唯有此路可走，便携全家离开齐鲁故土，奔赴黑龙江，一路栉风沐雨，攀山涉水，路宿沟眠，所受艰辛难以言表，途经幽燕和辽吉，最后落户在黑龙江省巴彦县西北大荒沟，此处地多物博，土质肥沃，荒地连绵、人烟稀少，优越的地理环境适合长期居住。

当时的大荒沟，荆棘遍野，蒿草茂密，遍布着杂树丛。先祖蹲在荒野，手捧黑土，眼角湿润了，他眼前出现脑海中勾画出的祖祖辈辈在此繁衍生息的画面。

父子一家，就地取材，伐木为柁檩，搭起房屋，开荒垦田，耕种五谷，拂晓而起，黄昏而息，劳动之余，灯光烛影，深夜读书。几年披星戴月，辛勤劳作，开垦荒地七十多垧，为生家油坊创建打下坚实基础。

1861年，黑龙江省将军特普钦奏称：官兵俸饷积欠甚多，恳请开垦呼兰北部所属蒙古尔山等处荒原，以增加财政收入。获准后，又从吉林奉天移民947户，其中474户分插巴彦苏苏西北各地，余者拨给北团营子（今绥化），于是，巴彦西北部兴隆镇周边又有很多移民来此，承租先祖在大荒沟开发的土地耕种。此时，从地理环境到人口需求，客观条件均趋于成熟。先祖在大荒沟先后创建了生家油坊、生家粉坊、生家酒坊等多家作坊，为移民们的日常需求提供了方便。

生家油坊老宅十一间，多为土木结构，房前采用大青砖墙壁，其余各院为砖草房结构，院落宽阔，有正房七间，东西厢房各七间，大墙建有墙枕头，有门顶楼，房屋多为火炕，生产油间很大，里面分别置放木榨、石磨、扇车、木滑轮、石锤等榨油工具。

油坊周边栽种多种树木，用来挡风防尘，漫山遍野，枝繁叶茂，绿树成荫。坡下小溪水流潺潺，明快而喜悦。每天清晨，先祖倒背双手，在榨油坊门前慢慢踱着步。一身黑衣服洗得有些褪色，高大魁梧的身躯，斜映在阳光下，影子被逐渐拉长，定格成一座山峰的素描画。偶尔捋一下胡须，或手搭凉棚开始眺望，脸颊像阳光一样灿烂。随着石磨转动，油锤撞击油榨，发出吭咚吭咚声，鲜香透明的油滴，缓缓地流出，又从油槽淌进油缸。每每这个时刻，先祖微闭双眼，嗅着诱人的油香气，享受激动人心的过程。先祖闯关东，建厂置业，良田亩数逐年增多，后达到生地三百余垧，熟地四百余垧，劳动之余，写诗自慰。

桑梓一别来黑龙，风餐露宿闯关东。

大荒苍莽接天际，河畔蒲香引飞鸿。

荆莽风云犹带雨，田园稻谷亦含情。

龙江土沃家兴旺，霜染枫林秋叶红。

1871 年，家业发达，事业鼎盛，生家油坊生意红火，先祖感慨，写诗抒怀：

一

春风今又染河山，景色犹迷柳似烟。

塞北三千居雁远，小村十载寄旅寒。

庄园到处盛粮谷，稻黍连排舞刀镰。

愿望儿孙如仲谋，守家尤比置家难。

二

大荒荆苇隐寒鸦，不羡红楼宰相衙。

依旧山河朝代改，惟留日月记年华。

生家油坊注重油品，人品即油品，信守诚信，油品上乘，价格低廉，远近闻名，据老辈人讲，生家油坊用良心制油。先祖知书达理，经常接济贫困人家，舍米舍油舍财。生家豆油加热不冒烟，做菜没有沫，独特手工制作，优质油料，在当时属放心产品。

1888年，正是家业昌盛之季，全县遭遇特大洪灾，庄稼颗粒无收。秋后秸秆被水浸泡霉烂，农民吃苞米秸秆充饥，失业者众多，大荒沟两岸饥民成堆，乞讨成群。先祖空出房舍，准备粮油和菜，搭设锅灶，煮饭熬粥达半年之久，舍粮万余斤。生家油坊更享盛名，业绩又上一层楼。

父亲的讲述令我们激动不已，思维已穿越时空，久远的历史似乎近在眼前，先祖战天斗地的创举、不懈奋斗的精神、乐善好施的品德，让后人敬仰。

1949年后，生家油坊改名为生产大队；1980年，又恢复本名为生家油坊。父亲从小吃老家油长大，我理解他对老家油痴迷的缘由。现在新旧更替，老家油已不是原来味道，虽然都是传统工艺，一招一式都是油把式手工制作，父亲却已找不回记忆中的味道。我们兄妹曾陪父亲回老家寻觅老油坊的踪迹，物是人非，油坊原址建起红砖瓦房，只有几棵老树挺立。父亲用战抖的手，抚摸屋前的老树，望着树身历经百年的沧桑，留下脱落后的疤痕。他抓起树根下的黑土，捡拾细碎光阴中的记忆，似乎看到了先祖开荒种树的身影。这些历史残存的气息，令父亲心生激动。

为了父亲的老味道，我走进各大超市。现代食用油名称繁多，橄榄油、色拉油、玉米油、花生油，占据了柜台。老作坊的油来自传统家庭作坊，古老、封闭，无法走进现代超市，只能在家族中一代代传承。

母亲用笨榨油做菜，她识别豆油的方法独到，这跟多年厨艺经验有关。一桶油看一眼，闻一闻，便可判断出生榨和熟榨。我向母亲取经，她说方法简单，生榨豆油颜色浅，豆腥味淡，营养成分损失少，出油率低；熟榨豆油颜色深，豆腥味浓，出油率高，一遍榨净。有她的经验垫底，我对成品油成色工艺也略知一二。

笨榨油不含任何防腐剂、添加剂和调和油料，采用的物理压榨技术保留了营养成分，吃起来原汁原味，口感香浓，烙饼、拌饺馅、炒菜味道香，口感独特。大炖菜更离不开豆油，东北人吃粉条炖酸菜、土豆大白菜，没有肉的参与，大豆油也可担起此责，炖得有滋有味，毫不逊色。

前几日，晓墨对我说，笨榨豆油吃太久，想换换口味。从超市买回一桶色拉油，用它做出的菜寡淡无味，晚餐前兴致勃勃，却草草收场。人的味觉神经具有超强的记忆功能，它接受熟悉的信号，陌生东西很难挤入。

我喜欢笨豆油榨油条，外焦里嫩，油香酥脆。吃剩的油条可搭配蔬菜做汤，起锅时，把剩油条切成小段，放锅里煮开。锅中油花翻滚，煮过的油条松软水盈，配上绿叶蔬菜，清雅中透着鲜香，吃在嘴里，美在心中。老油坊连同笨榨大豆油与我如影随形几十年，油坊文化成为刻在骨子里的文化，沉淀于记忆中。

冻饺子蕴含的民俗

　　东北寒冬，冷得不讲情面。食品和"冻"字纠缠不清，缘于室外天然大冰箱，零成本保鲜。每到年根，家里忙年，异常热闹，欢天喜地准备年货，蒸馒头、包豆包、冻饺子，一样不少。

　　冻饺子是东北年节离不开的主打食物，没有饺子不谈节。包冻饺子是大活，家里人口多，喜好口味不同，饺馅种类多，白菜馅、酸菜馅、芹菜馅、大萝卜馅，一盆盆摆满灶台。

　　东北人包年饺子有个习惯，左邻右舍，亲朋好友，相互助阵。和面，擀皮，拌馅，包饺子，摆饺子，室外冻饺子一条龙。每人分工明确，嘴和手一起忙，说笑话，讲奇文，天南地北，内容五花八门，场面热烈。冻的饺子装进面袋子里，里面放一

久远的味道

张纸条记着馅子种类，放在仓房缸里防止猫狗啃咬。

东北过年旧俗多，年味浓，小孩子掰着指头盼过年，穿新衣，吃饺子，零食管够吃，平时可没这待遇，糖果食物都得分着吃。女孩子向往花棉袄、花棉裤的愿望都能实现，攒一年的布票都在过年派上用场。

那时都是家做棉衣裤，里面絮上厚棉花，棉花扯成巴掌大小，一层层均匀铺好，用缝衣针缝起来，冰天雪地用来御寒挡风，软乎乎，随身形，超常暖和。性格挑拣的孩子，亲自和母亲去百货店选中意的花布，穿着随心。农历二十三，俗称小年，尤为忙碌，早饭吃完饺子，母亲开始扫棚，洗被褥，清洗用具，去旧迎新，民间有"小年扫房，一年兴旺"的说法，流传至今。

东北过年，习惯彩纸裱墙，花红叶绿，亮丽温馨。鱼跳龙门、娃抱红鲤的年画，象征富贵有余，吉祥旺盛。

年三十，全家人早早起来。哥哥扫院子，竖起灯杆，粘贴对联和天地牌，祈天地护佑，五谷丰登。

两餐之间，母亲烧开水煮冻饺子，让我们垫巴垫巴。围在锅前，看饺子一个个滚动，晶莹的身体，在缥缈的水雾中，朦朦胧胧。

午后三点，家里举行重要仪式，父亲、哥哥、弟弟请出家谱，场面隆重肃穆。

请家谱是传统礼俗。家谱旧时称为谱牒，也叫族谱。称谓不同，内容一样，是记述宗族血缘中世系人物的历史图籍，姓氏是本族标识符号，家谱代表了族人间血缘关系。古人云，谱牒身之本也。据载起源于商朝，纪念先祖功德，降福于子孙。听父亲讲，先祖从山东闯关东，一路上风餐露宿，包裹的家谱背肩上，从没离身，这是先祖的灵魂和精神。

家谱悬挂在屋内正北方，下面安放供桌，上有祖先之位。上面是高子公、高子婆的画像，依次按辈分排列历代先祖名字，末端是在世长者及子孙名字。供桌中间摆放香炉，两边印着金色福字蜡烛。香炉前面摆放馒头、饺子和豆包，据老辈讲，祖先非常喜食饺子，上供饺子是不可少的，馒头也有花样，秸秆绑在一起蘸鬼子红，印上一圈圆点，中间大，周围小。鬼子红是民间治眼睛的药水，可治口疮，平时上火、眼睛干涩，滴几下管用。把它作为颜料点在馒头上，红白相衬美观。水果点心酒水摆放整齐，后人们从除夕至十五早晚烧香叩头。

祭祖后，全家共坐桌前，饭菜丰盛，这顿饭是年饭，也叫团年饭。饭前鞭炮齐鸣，天空被烟花占领，一声声似春雷炸响，绚烂光丝，升空四射，伴着洁白冬日雪景，浓厚喜庆的气氛通宵达旦。

夜间守岁，全家彻夜不眠，内外灯火辉煌，一夜长明，取长寿之意。桌上摆满瓜子、糖果、茶水诸多食品，坐等半夜子时。半夜十二点称为"一夜连双岁，五更分二年"，叫守岁，须再次向祖先叩头，跪拜祖先。庭院中烧一盆火，或点燃一堆火，寓意越过越红火。伴着红火，家里长子提灯笼在马路边，等待星星出来，迎接财神。除夕最重要的一项，全家坐下吃午夜饺子，晚辈向长辈敬酒，叩头拜年，长辈赏给晚辈压岁钱。

午夜饭饺子的馅讲究，与日常不同，以韭菜三鲜馅居多，也有用马哈鱼和肉类做馅，冬天韭菜是贵重食物，大多家庭首选。馅里包上硬币，包之前，硬币用开水消毒、酒精擦拭，母亲说这样可放心，吃到硬币运吉祥。

初一，新一年开始，亲朋好友、众邻里相互拜年。初二，天黑送神。初五称为破五，饭前家家户户抢先放鞭炮，意为越早越发。初六放水日，这一天洗头洗衣。初七日，称为人七，俗称扯腿日，要吃面条，意为长寿之意。每年人七日，母亲都要做面条，再煮饺子，饺子不能轻易离桌。

正月十五元宵节，也叫灯花节或上元节，家中悬挂大红灯笼。饭后正式请下家谱，夜晚举行墓祭，给祖坟送灯，沉寂肃穆的祖坟，放满五颜六色的彩灯，一片红光，鞭炮齐鸣，烟花闪耀。先祖墓前摆放各式形状的饺子，有麦穗三角、四角、草帽、花瓣、五角和菱形，表达对先祖的敬意。

正月二十五为添仓日，清晨用硝灰在院中围圆圈，象征五谷满仓。二月初二为龙头节，早饭吃年里最后一次饺子，猪头猪蹄不能少，意为龙抬头，香烟熏虫，可以理发。旧历年在这天结束。

东北人平时也喜欢吃饺子，常言说，坐着不如躺着，好

久远的味道

吃不如饺子。饺子是国食，也是美食代表。从远古随着历史进程，已形成内涵深厚的饺子文化。传说，饺子是东汉医圣张仲景在治病过程中发明，又说和唐太宗李世民也有诸多瓜葛，众说纷纭。饺子发明源自何人？美食家、史学家都没给出明确答案。

作为美食，人们尽情享用饺子，饺子和生活息息相关。亲人出远门，要吃饺子，名曰上车饺子下车面，含意是压脚，代表安全。家里来贵客都要吃饺子，表示对客人重视。

东北冬天，白雪皑皑，北风刺骨，老年人在家猫冬，包饺子已成习惯和乐趣。仓储的白菜、萝卜和酸菜都能发挥作用。酸菜饺子是我最喜爱的食物，无须放肉，酸菜洗净剁碎，放豆油，加入调料拌匀，包出的饺子鲜香诱人。清代李渔在《闲情偶寄》中写道："吾谓饮食之道，脍不如荤，荤不如素。"蔬菜素馅更接近自然，是原生的美味，不知李渔是否吃过酸菜素馅饺子。

奶奶在家猫冬，所以，我们经常能吃上饺子。冬日放学，挂满冰霜的脸，在哑哈声中回到暖融融的家。奶奶端上冒热气的水饺，这是甜蜜的感觉。蘸点蒜泥、香油助兴，夹一个酸菜饺子，再来一碗饺子汤。人说喝了饺子汤，胜似开药方，催生出强烈食欲，人间至味是饺子。

饺子伴随我走过几十年，冻饺子植根于心中。

豆腐的担当

晚饭刚做好，乡下朋友捎来家做大豆腐。送走客人，打开塑料袋，微黄浆汁存热气，似带有朋友体温。浓重豆香夹杂着原生味道，扑鼻而来，几方豆腐肤如凝脂，温柔细腻。高兴之余，心生感激，只有挚友了解我的习性和喜好。

我与朋友的相识缘于豆腐，几年前，农贸市场位于城乡接壤处，虽是深秋却人声鼎沸，不见萧条，与周围落叶形成反差。这是热闹世界，叫卖声充满耳中，最强音当数豆腐摊女主，我们被她声音吸引，嗓音宽厚带有磁性，我打心眼儿里佩服，觉得她更适合舞台。

我们几个吃货志同道合，围在豆腐摊前。热气挟着大豆熟后的香气，路过的风也香了，从鼻翼间溜过，湿润初寒的秋日。

几盘豆腐似白嫩精雕玉块，征服着人们的食欲，有人说拒绝美味是残忍行为，毅力在美食面前那样弱不禁风。我们手指动起来，盘算着冻几块豆腐，鲜吃几块，送人几块。豆腐被我们几个人团购。在以后的相处中，我和豆腐女主渐成挚友。

　　第二年开春，她约我去乡下家做客，我高兴应允，很快成行。三面房屋，院里宽敞。院前小园春苗翠绿，已有一寸高，鸡鸭鹅看见陌生人进院，发出嘎嘎咕咕叫声，一派田园风光。

　　朋友带我参观豆腐坊，一排坐北朝南的房子，里面光线充足亮堂。泡豆、磨浆、煮浆、点浆，压制器具齐全，工序划分清楚。虽然是家庭式作坊，过程毫不马虎，房间各处非常干净。在乡下，尤其豆腐房，这种卫生环境让我惊叹。她向我介绍做豆腐的过程。点浆最重要，它决定豆腐质量。她用盐卤点浆，说人们喜欢这味道，绿色生态是现代人追求的理念。她的豆腐很有名气，供不应求，到年关，亲戚、朋友、熟人要提前预订。

　　我出生在东北，黑钙土质广袤肥沃，是大豆理想产地。自然条件使然，从小到大，豆腐食品常伴左右。父亲对豆腐喜爱有加，大豆腐、水豆腐、干豆腐、冻豆腐来者不拒。母亲换着样做豆制品，每餐都有豆腐，最简单也要有咸豆干，缺少豆腐不能叫吃饭。

豆腐是家里常菜，四季常食，不受季节限制，一块豆腐可是百变食材，衍生出多种美味佳肴。豆腐是传统食品，被誉为植物肉，深受人们喜爱。据说我国安徽淮南是它出生地，医学家李时珍在《本草纲目》中记载："豆腐之法，始于汉淮南王刘安。"

清人汪汲在他《事物原会》中说道，在西汉古籍中有刘安做豆腐的记载。二十世纪由于蛋白缺乏，留美博士金韵梅提出用豆类食品补充蛋白，根据淮南王刘安制作豆腐方法，结合现代工艺，为人类蛋白摄入另辟蹊径。从历史到现代，刘安与豆腐有着千丝万缕联系。他是否发明豆腐已不再重要，他的制作技术已被后人采纳。

豆腐从远古走来，具有悠久的历史，是饮食文化中不可缺少的重要内容。食和德紧密相连，明代清初文学家褚人获在《坚瓠集》详释豆腐十德：

水者柔德，干者刚德。无处无之，广德。水土不服，食之则愈，和德。一钱可买，俭德。徽州一两一盈，贵德。食乳有补，厚德。可去垢，清德。投之污则不成，圣德。建宁糟者，隐德。

　　十德对豆腐高度评价，水土不服，食之则愈，虽有些夸张，豆腐营养价值却被世人公认。它内含蛋白质、多种矿物质，清热解毒，生津润燥。中医用蛋壳粉治胃病，另一味药是豆腐。无处无之，广德很实际，豆腐被称为平民百姓食品，而达官贵人也离不开这口。民国第一才女吕碧城，二十一岁时与舅舅闹翻，独自来天津，成为《大公报》第一个女编辑，仅有的稿酬不省吃俭用，很难维持日常开销。而廉价豆腐帮助解决她日常饮食，还实惠好吃，具有营养价值，助她度过那段艰难岁月。

　　东北人饮食和性格相辅相成，食物千姿百态，豆腐也被吃出许多名堂。东北鱼类品种多，鱼肥虾鲜，开江鱼一直榜上有名。鲤鱼、草鱼、鲫鱼、鲢鱼、胖头，都是豆腐搭档，胖头鱼刺少肉肥，炖豆腐是理想选择。

鱼头炖豆腐不复杂，鱼头放进加水的盆中，加入食盐，泡半小时，去除土腥味。洗净控干水分，以免热油遇水四溅。生姜片擦锅底，煎出的鱼不粘锅，保持鱼身完整。煎好后，备好的调料加少许水，水没过鱼。切好的豆腐块入锅，也可加木耳、粉条，中火烧开，小火炖。老话说：千炖豆腐万炖鱼，炖到豆腐颤巍巍。水嫩嫩，上面撒些红椒丝、香菜末调味。搛一片豆腐，感受舌尖的一触即化，挑逗味蕾神经，给人梦幻享受。鱼头豆腐有很大附味性，一次，母亲把吃剩的油饼，切成条状，随意铺在鱼头豆腐上。汁液渗透进油饼里，味道发生改变，鱼头鲜，豆腐醇，油饼香融为一体，非常奇妙。有人说，美食似调和剂，稀释迷茫与忧伤。

鱼头豆腐营养价值绝不是浪得虚名，抗战时期张学良被幽禁贵州，靠钓鱼打发日子。善烹饪的赵四小姐，经常做鱼头豆腐，深受他喜爱。

豆腐吃法很多，东北人常做小鱼小虾豆腐酱。做法简单，把鱼头去掉，内脏洗净，锅里放油烧热，把小鱼放锅里，煎到没有水分。葱姜蒜末放锅里，扒拉两下放大酱，加一点水，小火咕嘟几分钟起锅。鱼鲜酱香，食欲大增，鱼刺变软，能嚼碎，配着米饭，饱了也不想搁筷。

凉菜拌豆腐味道更浓，买回一块大豆腐，上面放上大酱，小葱拌上，浇点辣椒油，清爽可口。吃着高粱米饭、大楂子粥，甚至已经吃很撑了，还是觉得没吃饱。这种感觉让我想起萧红在《呼兰河传》中的一段描述。

晚饭时节，吃了小葱蘸大酱已经很可口了，若外加一块豆腐，那真是锦上添花，一定要多浪费两碗苞米大芸豆粥的。一吃就吃多了，那是很自然的，豆腐加上点辣椒油，再拌上点大酱，那是多么可口的东西。用筷子触了一点点豆腐，就能够吃下去半碗饭，再到豆腐上去触了一下，一碗饭就完了。因为豆腐而多吃两碗饭，并不算吃得多，没有吃过的人，不能够晓得其中的滋味的。

萧红用朴素的笔触再现东北人吃豆腐的情景，我与萧红同为故乡人，深有同感。

豆腐被人们称为有担当食物，它可以融入多种食材，带给人不同味觉感受。豆腐之美，在于它体现了文化、情感，还有久远的故事。

糊涂粥不糊涂

　　玉米面粥，俗称糊涂粥，是东北人喜欢的食物。黑龙江省是玉米重要产区，玉米产量高，易贮存，价格低，用途广，是本土特产。

　　二十世纪六十年代，粮食紧俏，玉米陪伴一代人度过艰难岁月。那时细粮短缺，玉米虽属粗粮，也并不是有钱就能买到。在经济困难时期，粮食凭票供应，国家统一调配，每天能喝上一顿糊涂粥，已经够奢侈。在当时特殊岁月，糊涂粥一度被称为黄金粥。

　　糊涂粥有多种做法，蔬菜糊涂粥、甜糊涂粥、咸糊涂粥、原味糊涂粥、果仁糊涂粥。可做主食，也可做佐餐食物。主餐基本是蔬菜糊涂粥，做法简单，按食用人数取适量玉米面倒入碗中，加凉水搅成糊状。把土豆、胡萝卜、白菜等一些绿叶蔬菜洗净，切条形块备用。加水烧开，把稀释玉米面倒进沸水，用勺搅动，以免煳锅。熬制七八分熟后，倒入蔬菜，加调料，稀稠程度按食用所需掌握，一般作为主餐要熬得稠一些，抗饿。再配一些芥菜丝、酱泡萝卜条，避免烧心。

做佐餐糊涂粥，更为简单，把玉米面用凉水调好，放入沸水中，加一点冰糖，一个鸡蛋打散，倒进锅中，形成蛋花，或保持原味，水要放多些。主餐和佐餐的区别在于稀稠之分，作为佐餐要稀一些。现在老家过年节保留两种传统习惯，一是干白菜蘸酱刮肠油，二是玉米糊涂粥溜缝。这是东北方言，意思是吃饱后，喝糊涂粥中和一下。东北很多家庭都有这种饮食爱好。现在回到家乡，我仍然惦记这口糊涂粥。

童年时期，我对糊涂粥名称很好奇，曾问过长辈，没有确切答案。长大后，查阅资料后看到这样一个传说。郑板桥为官十年后辞官，到淮州时，人困马乏，身无分文。淮安人在夏天喜欢端饭碗蹲在家门口吃饭，见到生人、熟人或过路之人，都会央一声，家来吃呀。郑板桥也受到一家人邀请，他不客气进到人家中。这家人很穷，没有吃的招待客人，只得舀了缸底剩下的一点碎玉米粒，又添入一把面粉熬粥。只有面粥，主人感觉不像样，又从咸菜缸里捞出一把咸菜切成细丝放入锅中，还是觉得有些不满意，听到母鸡下蛋声音，随后取蛋来，打散倒入锅中。玉米粥做好后，郑板桥喝了一口，大加赞扬，问主人粥名字，主人不好回答，顺口说道，这叫糊涂。板桥听了这个俗而大雅的名字，思忖良久，回到老家，挥笔写出"难得糊涂"的醒世恒言，这里也包含糊涂粥之意。

后来板桥写下糊涂粥散文："暇日咽碎米饼，煮糊涂粥，双手捧碗，缩颈而啜之，霜晨雪早，得此周身俱暖。嗟乎！嗟乎！吾其长为农夫以没世乎！"

这个传说无从考证其真实度，糊涂粥却一直是餐桌美味，百吃不厌。几十年过去了，我对糊涂粥的喜爱没有丝毫减少。双休日早晨，必做糊涂粥佐餐或做正餐。晚上应酬吃不好，可做糊涂粥，方便解渴又充饥，增加营养，节省时间，糊涂粥不糊涂。

简单的美味

周日懒床，早饭吃得晚，午饭煮一穗玉米，填补一下胃空，很讨厌它催食的鸣叫声。

我对玉米很有感情，它简单、方便和美味，很受青睐。这是善解人意的食物，由于玉米的随和性，被我放在生活中的重要位置。

一首童谣写道："一棵小树不太高，小孩爬到半中腰。身穿黑层小绿袄，头上戴红缨帽。"对玉米形象地进行了诠释。

小时候，家住四合院，窗外小草园中，母亲种了几十棵玉米。翠绿纤细，身姿挺拔向上，一穗穗玉米棒羞答答地躲进"衣服"里，只有黄中带紫的头发暴露在外面，提醒人们它的存在。这是我喜欢的景致，玉米与绿竹具有相同的气节。每当夜晚来临，清亮如银的月光下，玉米叶被微风吹拂，沙沙作响，传来咯吱咯吱拔节声，奏响小夜曲，催我入眠。早上起来，迫不及待跑进小园，查看玉米长高多少，结没结出新的玉米棒。每天重复着，成了童年的乐趣。

我曾经听到过这样一段话，有人问东北是啥味道，回答是：大酱咸，豆包黏，酸菜香，玉米甜，真实概括了东北饮食味道。

玉米的清甜在简单中透着优雅，它的历史文化带给我们精神上的美感，斯坦利·艾林说："美食者的本质却是单纯、朴实的，如同披着一件粗麻布衣，品尝着一颗热橄榄的古希腊人，或是在全无家具的房中，摆着一枝盘曲花朵的日本人——这些才算真正的美食者。"玉米作为主食，很有随意性，路上走，车上坐，手捧一穗玉米，不需副食佐餐，一样吃出美感。在玉米摊买一穗炭火烤玉米，吹去上面浮灰，啃一口黑里透红的玉米粒。很惬意的一顿美餐，达到精神上的愉悦。

玉米属舶来品，又名玉蜀黍、玉麦，在世界上享有极高的盛誉，民族学家摩尔根说它"在促进初期人类进步的作用上，比所有其他一切谷物的总和还要强大"。它不仅美味，还浑身是宝，药用价值、营养价值早被人们公认。我国明代药物学论著《滇南本草》中记载，玉麦须，味甜，性微温，入阳明胃经，通肠下气，治妇人乳结红肿，乳汁不通，怕冷发热，头痛体困。元代养生家贾铭在其《饮食须知》中写道，玉蜀黍味干性平，适于人用，常食可以健身，延缓衰老。古人把玉米作为药物和延年益寿食品，在当时上流社会很受重视，乾隆时期属皇家御物。

我喜爱玉米，很大程度源于母亲精湛厨艺，父亲说母亲是食物设计师，能把盘中餐做成一道美景。

母亲做玉米粥放大芸豆，这种芸豆体积大，呈粉红色，身上布满自然纹路，很面。粥煮熟后，加少许切成小丁的咸绿萝卜调味。绿萝卜经过热粥的洗礼，散发迷人的香气，金色玉米粥，飘浮暗红色大豆，浅绿色咸萝卜散落，似黄金上面镶嵌着翡翠、红宝石，美丽的画面诱惑食欲。

奶奶喜欢吃玉米，玉米陪伴她大半生。岁月流逝，她的牙齿逐渐缺失，吃玉米渐渐成为奢望。每次做玉米，奶奶流露出无奈眼神，半熟的玉米香气飘散在房间，占据奶奶整个嗅觉。看着奶奶对玉米渴望的眼神，我们很着急，母亲也心生不安。

以后每次吃玉米，母亲把穗大浆满的玉米挑出来，准备一个容器，用擦板擦成浆，放调料、食用油，打一个生鸡蛋，加适量水，用筷子反复打散，放锅里蒸。蒸出的玉米羹类似鸡蛋羹，母亲用这种方法，满足奶奶对玉米的渴盼。

母亲的美德对我们影响很大，让我们懂得百善孝为先。

那时，冰箱没有进入家庭，人们只在玉米成熟期选择优质玉米棒，将带有嫩叶的玉米放沸水里煮，煮熟捞出，控干水分，待凉后用保留的嫩叶两穗一组，系在一起，悬挂在墙上或晾衣绳上晒干，把它们收藏在阴凉干燥处保存。在飘雪季节，把玉米放锅里二次煮熟，重温美味，想起格里高利·罗伯兹的一句话："美食是身体的歌曲，而歌曲是心灵的美食。"美食带给我们享受，营养着心灵。

与菜包饭的相遇

周末和朋友小聚，选在东北菜馆，这是我的建议，或许是思乡情结使然。小店不大，乡土风情却浓，几间以北方村落命名的包房，挂着粗布蓝底白花门帘。

店里墙壁挂满风干的农作物，比如干燥玉米棒，贴附着几片玉米叶，一缕褐色玉米须直立；右侧，高粱穗正垂着头。

菜牌上，一盘带着水珠的白菜叶，鲜翠清丽，旁边写着菜包饭。简单几个字，让我激动，这道美味很久没吃了。

菜包饭也叫饭包，东北人喜欢这口，看到它似见久别老友。菜包饭是满族人发明的食物，在历史上立过战功。据传说，某年七月十五这天，努尔哈赤带兵打仗，陷入困境，当时人困马乏，四处没有人烟，面对饥肠辘辘的将士，努尔哈赤在周围仔细查看，采集野菜和野果，用菜叶包炒米吃，顿觉很可口，于是盼咐将士，采集野菜包炒米作为主食，解决将士饥渴。天黑以后，努尔哈赤带领队伍突围，冲出包围圈回到营地。为了纪念这一天，每年七月十五，努尔哈赤都让子孙们吃菜包饭，把它叫作得胜包。

朋友对菜包饭陌生，很想品味个中味道。我们要了一盘，她吃得热火朝天，满脸狼狈，看出对饭包的喜爱。

我吃上几口，感觉有些不对，似乎缺少些什么。展开一卷，细细端详，配料单一，只有大葱和生菜，大酱也不地道，几粒熟花生倒增加了色彩，但总觉得缺滋少味的。

儿时饭包来源于自产，我家居住在长方形院落，门前用红砖砌成花池，栽满各种花草，美人蕉、玻璃翠，争奇斗艳。父亲开出一块菜地，面积很大，种满各种蔬菜，宽叶生菜、大白菜、大葱、毛葱、土豆，都是菜包饭配料。毛葱北方多有种植，属栽种蔬菜，葱头呈粉红混合色，生长中的毛葱，一簇簇挺拔，向着太阳昂首，其成熟果实存贮方法与大蒜类似，存放时间长。毛葱的辣味诱人，饭包放上毛葱，吃起来无比鲜香。

　　菜包饭做法不复杂，主料离不开米饭、小米饭，或二者混合二米饭。那时没有电饭锅，都是捞米饭，捞饭是把米洗净，锅里放水。煮八分熟，用蛛网形笊篱，把米捞干净放瓷盆里，放在锅帘上蒸。十分钟左右取出，蒸好的饭松软可口，煮饭米汤似熬制的稀米羹，黏稠，散发着米香。加绿叶蔬菜可作为汤，用来搭配饭包吃，炝锅用米汤炖茄子和芸豆，营养价值更高。

　　米汤是营养上品，中医认为米汤有着养阴、润燥、益气、壮力、健脾胃功效。凝结细腻黏稠的米油，也叫粥油。赵学敏《本草纲目拾遗》记载："米油，力能实毛窍，最肥人，黑瘦者食之，百日即肥白，以其滋阴之功胜于熟地也。"据说米汤曾救过张学良一命，战乱中，张学良母亲在逃难路上的马车里生下他，没有奶水，导致他身体严重营养不良，后用米汤代替奶水。他喝着米汤长大，在以后南征北战和幽禁中，都坚持喝一碗米汤。后来在张学良葬礼上有一个最引人注目的花篮，是由稻花扎的花束，这里寓意不忘稻谷熬成的米汤，对有着救命之恩的稻谷表示敬意。

　　菜包饭重要配料离不开米汤炖土豆，也可放锅里蒸土豆，前者更方便一些，土豆熟后用铲子压碎。生菜、香菜、大葱、白菜、熟土豆，五大黄金组合备好。选面积稍大的盘子，洗净大白菜叶，去帮，放在盘中。把米饭平铺菜叶上，压碎后的土豆放米饭上，蔬菜组合切成小段，放在土豆泥上。撒油炸黄豆酱，一层层堆积成小宝塔，将底层菜叶合拢，双手捧起，即可食用，饭包不易散。也有手撕碎菜，虽略显粗犷，但更过瘾，有人说，这样能吃出东北人率直的个性。

　　离开餐馆，我在想，下次再来，不知是否能吃上纯正菜包饭？